Американцы и индейцы защищают Землю

Translated to Russian from the English version of
Americans and Indians Defend the Earth

Д-р Киран Кумар Сингх

Ukiyoto Publishing

Все мировые права на публикацию принадлежат

Издательство Ukiyoto

Опубликовано в 2025 году

ISBN 9789370096288

www.ukiyoto.com

Посвящение

Эта книга посвящена памяти моего отца доктора Р. К. Сингха, матери госпожи Сурадж Кумари Сингх и моей жены госпожи Ребы Раутела Сингх. Первый был известным педагогом. В детстве он поощрял меня читать и писать вне школьной программы. Моя мать вышла на пенсию в должности профессора и заведующей кафедрой образования в колледже RBS в Агре и помогала мне с английской грамматикой на школьном уровне. Моя жена была квалифицированным и талантливым художником. Она вдохновила меня писать. Пусть их души покоятся с миром.

Предисловие и Благодарность

Книга подходит для подростков и взрослых. Успех предыдущей книги вдохновил меня написать её вторую часть. История продолжается с первой книги. Пятеро американских детей, четверо мальчиков и одна девочка, сражаются против инопланетных захватчиков с помощью доброго духа. Их личности раскрыты, поэтому им приходится скрываться. Добрый дух заменяет их пятью индийскими детьми, которые продолжают борьбу до захватывающей кульминации.

Я взял на себя смелость назвать двоих детей в честь моих двух внуков. Один из них дал предложения, которые я включил в рассказ.

Благодарю мою сестру, госпожу Прити Сингх, магистра искусств, доктора медицины, магистра философии и отличного преподавателя английского языка и литературы, за её помощь в редактировании рукописи и её предложения. Я также благодарю моего сына Гаурава за его помощь в редактировании.

Содержание

Список персонажей

1. Демон Ягуар: Лидер злых духов, которые хотят завоевать планету Земля. На земле он принял облик очень высокого человека, чье лицо напоминает ягуара. У него много суперспособностей.

2. Уно, Дос, Трес и Куатро: они злые духи, которые помогают Демону Ягуару. Их сверхспособности меньше, чем у их лидера.

3. Шимпанзе: добрый дух, который приходит на землю, чтобы помочь людям бороться с злыми духами. У него много суперспособностей.

4. Генри, Мари, Джон, Роберт и Диего: пятеро американских детей, выбранных шимпанзе для ведения борьбы против злых захватчиков.

5. POTUS: Президент Соединенных Штатов.

6. Генерал Уилсон: Главнокомандующий вооруженными силами США.

7. Рохан, Риту, Викрам, Теджас и Винай: индийские дети, выбранные в качестве замены американским детям для борьбы с пришельцами.

8. Франциско Диас: Злой шпион, который помогает захватывать американских детей. Позже он переходит на другую сторону, чтобы помочь хорошим людям.

9. Миссис Диас и её двое детей: она и дети заставляют Франциско перейти на сторону хороших людей.

Примечание: Все духи бессмертны. Демон Ягуар и Шимпанзе могут путешествовать куда угодно со скоростью мысли. Вселенная состоит из миллионов параллельных вселенных, все из которых занимают одно и то же положение, но не взаимодействуют друг с другом. Демон Ягуар и Шимпанзе могут перемещаться с любой планеты в любой вселенной на любую другую планету в любой другой вселенной за время, необходимое для моргания. В этой книге представлены индийские дети, Франциско и его семья. Все остальные персонажи были представлены в первой книге.

Пролог этой книги кратко охватывает события, произошедшие в первой книге. Тем не менее, лучше прочитать первую книгу, прежде чем начинать эту.

Глава 1-Пролог

История продолжается с первой книги. Итак, необходимо включить здесь резюме. Мир состоит из миллионов вселенных, в которых звезды и планеты занимают одни и те же позиции. Это означает, что миллионы планет Земля занимают одно и то же положение, и на всех них живут люди, находящиеся на разных стадиях цивилизации. Существуют многие другие планеты, на которых есть формы жизни, основанные на углероде или кремнии. Эти вселенные не взаимодействуют друг с другом. Ни энергия, ни материя не могут переходить из одной вселенной в другую.

В мире есть несколько злых духов и один добрый дух, которые могут перемещаться из одной вселенной в другую, потому что они не являются ни энергией, ни материей. Они также бессмертны и существуют с начала времён. У них много суперспособностей. Добрый дух может перемещаться со скоростью мысли, что означает, что он может подумать о путешествии в любое место и мгновенно туда добраться. Он не потребляет энергию для этой или любой другой деятельности.

Лидер злых духов также может перемещаться со скоростью мысли, но ему нужна умственная сила или энергия, которую он извлекает из умов разумных форм жизни, обитающих на различных планетах. Он берет с собой своих четырех помощников, куда бы он ни пошел. В основном он и его помощники любят вторгаться на какую-нибудь планету, на которой есть разумная жизнь. Там они автоматически принимают формы тел местных разумных существ и говорят на их языках.

Они постепенно берут под контроль умы разумных существ, и их лидер извлекает из них ментальную энергию. Наконец, после многих лет разумная жизнь теряет свои умственные способности и сводится к уровню животных. На этом этапе злой лидер забирает всех своих последователей с собой на необитаемую планету, чтобы отдохнуть и насладиться собранной ими ментальной энергией. Когда их запас умственной энергии снижается до низкого уровня, они вторгаются на другую обитаемую планету и начинают тот же процесс заново.

Роль доброго духа заключается в защите разумных форм от злых духов. Задача довольно сложная. Во-первых, он должен выяснить, какая из миллиардов планет среди миллионов вселенных была захвачена злыми существами. Во-вторых, законы природы не допускают прямого конфликта между ним и злыми существами. Он должен помочь и направить разумную жизнь, чтобы защитить себя от злых существ и изгнать их с их планеты. Иногда он добивается успеха, а иногда силы зла одерживают победу.

Первая книга охватывает историю одной Земли (расположенной в одной из этих параллельных вселенных), которая была захвачена группой злых бессмертных духов, стремящихся завладеть ею для своих злых целей. На земле лидер злых духов принимает облик очень высокого человека с внешностью ягуара. Добрый дух называет его Демон Ягуар. Его четыре помощника также принимают человеческий облик и носят имена Нумеро Уно, Нумеро Дос, Нумеро Трес и Нумеро Куатро. Они обращаются к своему лидеру как к боссу.

Эти духи приземляются в Южной Америке и захватывают умы многих людей, используя их для создания фабрик по производству лучевых пистолетов и другого оборудования. Используя этих людей и передовое оружие, они завоевывают все страны Южной Америки и назначают своих избранных людей марионеточными правителями в каждой из этих стран, изолируя Южную Америку от остального мира. У них также есть мощные лучевые пушки для сбивания любых самолетов и уничтожения кораблей, а также специальные передатчики для связи и передачи лучей, контролирующих разум. Остальной мир имеет очень мало представления о том, что происходит в Южной Америке. Они не знают, как эффективно ответить, не убив слишком много невинных людей.

Демон Ягуар отправляет Нумеро Уно в Северную Америку, чтобы тайно проникнуть и завоевать её. Нумеро Дуо и Нумеро Трес были отправлены в Африку и Европу соответственно, чтобы собрать последователей на этих континентах и в других регионах и захватить их один за другим. Демон Ягуар и Нумеро Куатро остались в Южной Америке. Демон Ягуар собирал ментальную энергию из умов людей, которых заставляли поклоняться ему, в то время как Нумеро Куатро безжалостно контролировал население Южной Америки. Он контролировал работу заводов, которые производили различные виды лучевого оружия или электронного оборудования для наблюдения. Он также контролировал солдат, которые охраняли Южную Америку от возможного вторжения.

К этому времени добрый дух достиг земли, чтобы попытаться спасти людей от злого духа. Он принял форму человека, который слегка напоминал шимпанзе. Он выбрал пятерых детей, чтобы возглавить битву против пришельцев. Пятеро были близкими друзьями, которым было около двенадцати лет, и они жили в небольшом городке Бентонвилл недалеко от Сиэтла. Они возглавят борьбу против пришельцев с Генри в качестве их лидера. Остальными четырьмя были Мари, Джон, Роберт и Диего. Шимпанзе рассказал им об инопланетных захватчиках и о том, что на самом деле произошло в Южной Америке, а также о том, что происходит в Северной Америке, Африке, Европе и в других местах.

Он мотивирует их сражаться с пришельцами, чтобы спасти мир. За это он обещал им руководство, защиту и некоторые магические способности. Сначала он отправил их в виртуальное путешествие в прошлое, которое они считали реальным. Там они вошли в тела некоторых живых американских индейцев, над которыми они не имеют контроля, но которыми управляют индейцы. Они чувствуют боль и страх битвы, в которой участвуют американские индейцы. Этот трудный опыт готовит их к настоящим сражениям против злых захватчиков, которые происходят позже.

После этого Шимпанзе отправляет их украсть секретное оружие из хранилища злых пришельцев в Монтане. Они крадут много лучевых усилителей, и один из друзей почти убит врагом, но Шимпанзе спасает его как раз вовремя. Лучевые пистолеты имеют три режима: оглушение, нокаут и убийство. У них есть телескопические прицелы, которые используются для наведения и идентификации людей, находящихся под контролем злых духов. Люди, находящиеся под контролем злых существ, имеют ауры разных цветов, которые можно увидеть в телескоп. Цвета соответственно фиолетовый, оранжевый, красный, жёлтый и синий для Демона Ягуара, Нумеро, Уно, Трес и Куатро. Если кого-то из их людей выстрелить из лучевого оружия, настроенного на нокаут, то человек будет выведен из строя на несколько минут и навсегда освобожден от контроля злого существа. Они не могут вернуть контроль над его разумом, и он также забывает все, что происходило, пока его разум находился под их контролем.

Шимпанзе научил детей пользоваться лучевыми пистолетами и летать с их помощью. Они выглядели как орлы, когда летели. Он также дал им волшебные компьютеры и защиту от лучевых пистолетов, а также альтернативные физические личности. Они могли по своему желанию превращаться в свои альтернативные личности, что также давало им взрослые тела.

Дети шпионили за врагом и раскрыли их секреты. Они выявляют всех последователей Нумеро Уно в США и узнают, что около десяти тысяч людей противника соберутся втайне в месте под названием Призрачная Лощина, чтобы их лидеры могли объяснить планы на день, когда они захватят Америку. Шимпанзе и дети встретили генерала Уилсона и убедили его помочь им, и он поговорил с президентом США.

Дети, Шимпанзе и Генерал планировали совершить воздушные атаки на людей, собравшихся в Призрачной Лощине, используя лучевые пистолеты, чтобы вырубить их. Это освободило бы их от контроля Нумеро Уно. Каждый раз, когда последователь был выведен из строя, он чувствовал резкий укол. Они надеялись продолжать выбивать людей, чтобы Нумеро Уно оставался в неуравновешенном состоянии и не мог делать ничего, кроме как корчиться от боли. Шимпанзе сказал им, что в конце концов он будет испытывать такую боль, что у него случится нервный срыв, и он улетит к Демону Ягуару в Южную Америку.

Генерал Уилсон объяснил ситуацию президенту США, который тайно связался с правителями Канады, Мексики и всех других стран Северной Америки. Генерал решил, что после победы в битве при Призрачной Лощине солдаты США и других стран Северной Америки выбьют и освободят всех вражеских солдат в Северной Америке.

Было решено, что генерал и несколько солдат помогут детям в Призрачной Лощине, а другие солдаты окружат территорию и не дадут врагу сбежать. Сразу после победы над врагом они захватывали без сознания вражеских солдат и их лучевые пистолеты.

Весь план нужно было держать в секрете от врага. Шимпанзе и дети совершили многочисленные атаки на солдата противника в Африке, чтобы заставить врага поверить, что это была главная цель. Шимпанзе мог перенести их в Африку со скоростью мысли. Затем он превращался в летающий ковер, и дети садились на него, чтобы летать с места на место и стрелять в солдат противника из лучевых пушек. Во время этих визитов он также водил их посмотреть Египетские пирамиды, Тадж-Махал и Пизанскую башню, а также другие места, чтобы они могли расслабиться.

В день битвы при Призрачной Лощине изначально все шло по плану. Четверо детей летели в воздухе, похожие на орлов, к большому скоплению врагов. Они начали стрелять по врагу, который не знал, кто стреляет. Шимпанзе превратился в летающий ковер, и Мари села на него. Они перемещались с места на место, и Мари уничтожала сеть связи и вещания противника, чтобы остановить их коммуникацию внутри США и между Северной и Южной Америкой. Трансляция воздушных волн, контролирующих разум, также была остановлена. Генерал и некоторые из его солдат спрятались за препятствиями и стреляли по врагу.

Внезапно битва изменилась в другую сторону, когда злой дух Призрачной Лощины начал направлять врага. Четверо мальчиков были на грани поражения, и Генри испытывал сильную боль и вот-вот должен был быть захвачен. На этом этапе добрый дух Призрачной Лощины помог ему.

Шимпанзе и Мари также пришли на помощь, а генерал и некоторые из его людей продолжали стрелять по врагу. Это дало четырем мальчикам время оправиться от болезненных ударов и возобновить драку. Битва колебалась с одной стороны на другую, пока, наконец, Шимпанзе не создал иллюзию гигантских призрачных динозавров, наступающих на врага. Это испугало вражеских солдат, и они были побеждены. Нумеро Уно чувствовал покалывания всякий раз, когда одного из его людей вырубали. Он не мог выносить боль, перенес нервный срыв и улетел в Южную Америку.

В течение нескольких дней генерал и его люди завершили задачу по устранению врага со всей Северной Америки. Президент

США провел тайную церемонию в честь детей и генерала. Было крайне важно, чтобы Демон Ягуар и его люди не узнали их личности, потому что им предстояло сыграть важную роль в борьбе против злых захватчиков.

Глава 2 - Дети отдыхают

После их великой победы детям нужно было отдохнуть и расслабиться. Все четверо мальчиков были много раз поражены болезненными выстрелами из лучевых пистолетов. Генри пострадал больше всех. Месяцы планирования и напряженные усилия перед битвой в Призрачной Лощине измотали их нервы. Они все были у себя дома в Бентонвилле, занимаясь повседневной школьной рутиной. Они пытались расслабиться и не думать о следующем раунде битвы с врагом. Шимпанзе посоветовал им отдохнуть пару недель и дать своим расшатанным нервам восстановиться.

Они встречались пару раз в домике на дереве в саду Генри и разговаривали о прошлых приключениях, поедая вкусные закуски, приготовленные матерью Генри. Оба раза между Мари и Робертом возникали споры о том, кто заслуживает больше признания за победу в Призрачной Лощине. Мари постоянно напоминала мальчикам, что они были бы побеждены, если бы она не успела вовремя, чтобы сразиться с пришельцами и затем превратить поражение в победу.

Роберт утверждал, что даже если бы она не помогла, они все равно бы победили. Остальные трое не участвовали в их спорах, потому что прекрасно знали, что Мари и Роберт могли спорить друг с другом без всякой причины. Спор продолжался долго, и Джон сказал: «Шимпанзе сказал нам расслабиться, а ты делаешь наоборот».

Диего ответил: «Джон, к настоящему времени ты должен знать, что единственный способ, которым эти двое могут расслабиться, — это спорить друг с другом». Это своего рода игра, в которую они играют, чтобы расслабиться. Эта доля сарказма не произвела никакого эффекта на Мари и Роберта, которые продолжали спорить.

Тогда Генри сказал: «В следующий раз мы позволим им сражаться с врагом самим, а мы втроем будем судить, кто сражался лучше». Даже это не остановило их спор, поэтому он продолжил: «Завтра давайте поедем на пикник к озеру и отдохнем, поплавав в нем».

Все согласились с этим предложением, и это положило конец спору. Они начали обсуждать освещение в новостях победы над пришельцами в Северной Америке. Газеты вышли с крупными заголовками: «Северная Америка победила пришельцев», «Армия и морская пехота США победили пришельцев», в другой статье было написано: «Враг побежден в Америке», «Все вражеские солдаты захвачены», сообщала другая, «Армия спасает Северную Америку» и так далее.

В газетах были фотографии захваченных вражеских солдат, но не было упоминания о Призрачной Лощине, детях, Шимпанзе, Президенте или генерале Уилсоне. Они не назвали Демона Ягуара или его помощников и не раскрыли никаких подробностей о самом сражении. Была распространена версия, что операцией руководили ФБР и ЦРУ. Они провели детективную работу, чтобы выявить всех мужчин, контролируемых пришельцами. Затем в серии быстрых действий армия использовала лучевые пушки врага, чтобы победить их и освободить от контроля пришельцев. Операции были проведены настолько тщательно, что очень немногие пострадали, и Северная Америка была освобождена от врага.

Побежденные вражеские солдаты получали лечение от своих ран и психической травмы, которую они перенесли, находясь под контролем пришельцев. Все они со временем восстановятся и будут вести почти нормальную жизнь, но не будут помнить, что происходило в то время, когда их разум находился под контролем пришельцев.

Телевизионные новостные каналы также освещали новости аналогичным образом. Президент США тщательно позаботился о том, чтобы враг не узнал ничего о роли, которую сыграли дети и генерал Уилсон. В то же время эта новость деморализовала врага и успокоила свободных людей по всей Северной Америке и остальному миру. Дети были довольны таким типом репортажа, который сохранял их роль в секрете, чтобы защитить их.

На следующий день они отправились на пикник к озеру, неся корзину, полную еды для их трапезы. Это был первый раз, когда они отправились туда поплавать после победы в битве. Роберт сказал: «Я хотел бы исследовать подводный туннель, который привел нас в наше первое путешествие».

Сразу же Мари сказала: «Продолжай искать это. Вы никогда не найдете его, потому что это был временный портал, созданный Шимпанзе для нашего путешествия. Роберт думал иначе и продолжал нырять под воду возле трех высоких деревьев в поисках туннеля. Его поиски были напрасны, и через некоторое время он сдался.

Мари саркастически спросила с французским акцентом: «Ну что, ты нашел туннель?» И когда он покачал головой в знак отрицания, она добавила: «Видишь, я же говорила, что его больше не существует».

Роберт ответил: «Поздравляю!» "Впервые ты был прав."

Это вызвало очередной спор между ними, который продолжался, пока остальные трое сели и начали обедать на пикнике. Спор прекратился, когда появился старик. Он шел, прихрамывая, и приближался к ним с противоположной стороны озера. Мари сказала: «Держу пари, это шимпанзе в маскировке старика, который отвлек Роберта раньше, когда мы отправились в наше путешествие в прошлое».

Роберт ответил: «Он выглядит иначе, он старше, и его одежда тоже потрепанная». К этому времени мужчина подошел к ним и сказал: «Я голоден». Я ничего не ел с утра.

Генри сказал: «Конечно!» Вы можете сесть и разделить с нами трапезу. Моя мама упаковала гораздо больше, чем мы можем съесть.

Мари резко сказала: «Спринты не едят».

Старик мгновенно превратился в шимпанзе и сказал: «Я обманул вас, ребята, но эта маленькая девочка слишком умна. Никто не может её обмануть.

Это очень обрадовало Мари, и она широко улыбнулась. Шимпанзе сел и разговаривал, пока дети ели. Он сказал: «Я вижу, что вы хорошо восстанавливаетесь». Теперь вы должны начать строить планы для следующего этапа войны. Президент США и генерал Уилсон были активны. Я скоро встречусь с ними. Многие мировые лидеры стремятся бороться с пришельцами. Президент, генерал Уилсон и я дали им указания, что делать. Мы дали лучам оружие, чтобы они могли идентифицировать вражеских солдат с помощью своих телескопов. На следующей неделе я встречусь с тобой в домике на дереве, чтобы обсудить твои планы. Затем мы вместе обсудим это с президентом и генералом Уилсоном.

Дети почувствовали себя польщенными тем, что будут обсуждать планы с президентом США и генералом. Шимпанзе продолжил: «Прежде чем я забуду, позвольте мне сообщить вам немного тревожных новостей. «Пропало около дюжины вражеских солдат».

Генри спросил: «Им удалось сбежать из Призрачной Лощины?»

«Нет, они обычные солдаты из разных мест. Восемь из США и по два из Канады и Мексики. Возможно, что некоторые из них были выведены из строя нашими солдатами, потеряли память и где-то блуждают. Может быть, они все еще находятся под контролем Нумеро Уно и прячутся. Полиция их разыскивает. «Они объявлены пропавшими без вести, и новостные каналы предложили вознаграждение за любую информацию о них», — ответила шимпанзе.

«Могут ли они всё ещё находиться под контролем Нумеро Уно?» Спросил Генри

«Нумеро Уно пережил нервный срыв. Как он все еще мог их контролировать? Мария спросила.

«Возможно, они все еще находятся под его контролем, хотя он не оправился и не может отдавать им приказы», — ответил Шимпанзе. «Они не могут предпринять никаких серьезных действий без его приказов. Когда он оправится, они могут представлять угрозу для президента США, генерала Уилсона, премьер-министра Канады, президента Мексики и других лидеров. Я сообщил им, чтобы они знали об этом, и они переместились в свои безопасные зоны. Это все еще займет время, чтобы Numero Uno восстановился. Я предоставляю им дополнительную защиту. «Кто-нибудь из вас хочет что-нибудь сказать?»

Поскольку им нечего было сказать, он ушел, постепенно исчезая.

Глава 3 - Шпион

Франсиско Диас был необычным человеком. В детстве он вырос в Бразилии и увлекался футболом. Он хотел стать вторым Пеле, забить больше голов, чем он, и стать знаменитым. Он проводил большую часть своего времени, играя в футбол. Он проводил часы, ведя мяч в одиночестве или отрабатывая удары по воротам.

К сожалению, ему не хватало таланта и понимания тонкостей футбола. Тренер школьной футбольной команды сначала пытался его поддержать. Позже он не заметил никакого улучшения у мальчика, даже после многих лет практики. Однажды он отвел его в сторону и сказал, что у него нет таланта к футболу и в лучшем случае он может быть средним игроком. Франсиско был разочарован и чувствовал себя несчастным в течение многих дней. Его тренер, учителя и родители все советовали ему сосредоточиться на учебе и стать врачом, инженером или юристом, но он тоже не был хорош в учебе.

После окончания школы он пытался стать фокусником, жонглером в цирке, актером в театральной труппе и стендап-комиком, но потерпел неудачу в каждом из этих начинаний, хотя старался изо всех сил. Хотя ему не хватало таланта, навыков и знаний, ему не было недостатка в амбициях. Он хотел стать значимой личностью, человеком, обладающим властью и вызывающим уважение в обществе; тем, кого люди будут помнить долго после его ухода.

Это было вне его досягаемости. Наконец, богатый родственник устроил его на работу охранником на своей фабрике. Теперь он мог зарабатывать достаточно, чтобы содержать себя. Вскоре он женился и начал вести простую и размеренную жизнь. Со временем у него и его жены родились двое детей — оба мальчика. К тому времени, когда мальчики были в позднем подростковом возрасте, злые пришельцы приземлились в Перу и начали свою задачу по завоеванию мира. Франсиско был отправлен в Перу по работе от своей фабрики, и Нумеро Уно завладел его разумом, из-за чего он был разлучен со своей семьей.

Вскоре вся Южная Америка оказалась в руках Демона Ягуара и его банды. Numero Uno был отправлен в США, чтобы покорить Северную Америку. Он взял с собой несколько человек и разместил некоторых в Мексике и странах к югу от нее, несколько в Канаде и оставил дюжину в США, чтобы они помогали ему. Их работа заключалась в том, чтобы работать шпионами и передавать информацию Нумеро Уно. Франсиско стал доверенным помощником Нумеро Уно, потому что служил ему преданно. Он мечтал о дне, когда Нумеро Уно даст ему высокую должность после завоевания Северной Америки. Он рассказал Нумеро Уно о своей жене и сыновьях в Южной Америке и умолял его перевезти их в Северную Америку. Нумеро Уно узнал, что его семья использовалась в качестве поклонников Демона Ягуара. Их умы постепенно лишатся способности мыслить. Он попросил Демона Ягуара исключить их из группы поклоняющихся и отправить на заводы в Венесуэле, где с ними будут хорошо обращаться.

Франсиско был благодарен Нумеро Уно и служил ему с еще большей преданностью. Нумеро Уно даже организовал несколько виртуальных встреч между ним и его семьей. Франсиско оставался в блаженном неведении, что после завоевания всей земли все рабочие и лидеры в конечном итоге разделят ту же участь, что и поклоняющиеся. На самом деле, даже марионеточные правители стран Южной Америки не знали, что они закончат таким же образом.

Франсиско присутствовал на фабрике в Монтане, когда дети совершили налет. Позже он также присутствовал в Призрачной Лощине, когда там шла битва. Нумеро Уно отправил его туда, чтобы он доложил ему о событиях. Он был одним из немногих людей там, кто мог напрямую общаться с Нумеро Уно с помощью телепатии.

Когда начались атаки, он попытался установить телепатический контакт, чтобы предупредить Нумеро Уно, но тот страдал от боли и не мог ответить. Он наблюдал за сражением почти до конца и был одним из последних, кого выбили. Он видел, как дети сражались, когда они были на земле, но они были в телах взрослых, поэтому он их не узнал, но он увидел и узнал генерала Уилсона, сражающегося против сил зла.

Он тоже был освобожден от контроля Нумеро Уно, когда его вырубили. Позже он пришел в сознание, как и остальные мужчины. Эти люди полностью забыли все о том, что произошло в период, когда они находились под контролем Нумеро Уно. Удивительным фактом было то, что Франциско помнил все, что произошло. Во время своего восстановления в больнице он чувствовал, что Нумеро Уно жив, но больше не находится в США и сбежал в Южную Америку. Он пытался связаться с Нумеро Уно, но тот не мог ответить, так как еще не оправился.

Он начал беспокоиться о своей семье в Южной Америке и о том, как вернуться к ним. Как и другие заключенные, он находился в госпитале на военной базе. Его дремлющие амбиции начали проявляться. Он обманул себя, поверив, что сможет помочь Нумеро Уно вернуть контроль над своими людьми в Северной Америке. Он не знал, что как только люди освобождались от контроля злых существ, они не могли снова подчинить себе их разум. Он решил остаться в Америке и действовать как шпион. Он собирал информацию для Нумеро Уно, чтобы тот мог завоевать Северную Америку и сделать его правителем США. Тогда он, Франциско, примет титул Императора.

Глава 4 - Планы битвы

Дети встретились в домике на дереве, чтобы составить планы для следующего этапа войны против пришельцев. Генри начал обсуждение, сказав: «Пусть каждый из нас скажет, что следует сделать. Я предлагаю начать с Мари.

Она была готова со своими идеями: «Я думаю, сначала мы должны использовать компьютер, чтобы подключиться к их сети связи в Африке и Европе. Это может дать нам некоторое представление о том, что они делают в Южной Америке.

Тогда Джон сказал: «Она права. Мы не можем напрямую узнать, что происходит в Южной Америке, но если мы знаем, что они делают в Африке и Европе, это может дать подсказку о Южной Америке.

Была очередь Роберта. Он сказал: «Главный вопрос заключается в том, следует ли нам попытаться освободить Европу или Африку». Я говорю это потому, что даже с помощью армии будет почти невозможно победить врага в Южной Америке.

Затем Диего сказал: «Мы должны узнать о Южной Америке». Может быть, шимпанзе сможет отвезти нас туда, и мы сможем подключиться к их интернету и узнать больше. Тогда, возможно, мы могли бы спланировать атаку там, победить врага и заставить его покинуть Землю. Может быть, это не так просто, но стоит попробовать.

Генри снова заговорил: "Думаю, вы все охватили." Давайте начнем с изучения Африки и Европы. Джон может заняться Африкой, и Мари должна ему помочь. Диего, Роберт и я узнаем о Европе и остальном мире. Я уверен, что то, что мы узнаем, поможет шимпанзе.

Мари сказала: «Я уверена, что он много знает, но не говорит нам многого». Он использует оправдание, что законы природы позволяют ему сообщать нам только тогда, когда мы выполняем свою часть работы.

Генри ответил: «Он не выдумывает часть о законах природы. Давайте сделаем свою часть. Он поддерживает связь с президентом США и генералом Уилсоном, поэтому знает, что они знают и думают.

Остальные согласились с ним, и встреча закончилась. Позже они начали свою следственную работу всерьез. То, что они узнали, было неприятным. И Numero, и Numero Tres получили контроль над многими тысячами новых последователей. Первый собрал почти на десять тысяч больше в Африке и некоторых островных странах Азии, в то время как Нумеро Трес удалось набрать около шести тысяч последователей в Европе, Азии, Австралии, Новой Зеландии и некоторых островах Азии. Дети также собрали имена и адреса этих людей и выяснили, кто из них был лидерами. Они были уверены, что шимпанзе будет впечатлён их работой.

Тем временем шимпанзе встретился с президентом и генералом Уилсоном. Президент США сказал: «Мы собрали более тридцати тысяч лучевых ружей и лучевых пистолетов». Около десяти тысяч были отправлены в другие страны, чтобы они могли идентифицировать и нейтрализовать вражеских солдат. Генерал заверил меня, что его люди полностью готовы вторгнуться в Южную Америку и полностью разгромить врага. Если вы дадите им иммунитет против лучевых пушек и научите их летать, наша победа будет обеспечена.

Шимпанзе ответил: "Есть некоторые проблемы. Я могу удерживать в воздухе только около дюжины человек одновременно и поддерживать их иммунитет. Война в Северной Америке была совершенно иной. Нумеро Уно был нейтрализован после битвы у Призрачной Лощины. Трансляция управляющих лучей была остановлена. Вражеские солдаты остались без командира, не имели представления о происходящем и не находились под влиянием управляющих лучей или Нумеро Уно.

Он сделал паузу, чтобы это осознали: «По сути, это было дело зачистки побежденного и деморализованного врага». Южная Америка — это другая ситуация. Демон Ягуар и Нумеро Куатро полностью контролируют ситуацию. У них очень большое количество вооруженных солдат. У них есть очень мощные лучевые пушки для уничтожения кораблей и самолетов. Вы могли бы легко убить почти всех их мужчин с помощью обычного оружия. Это может заставить злую банду покинуть Землю. «Вы готовы убить столько невинных людей, чтобы сделать это?»

«Совсем нет», — ответил президент, — «Мы не хотим убивать вражеских солдат». Мы используем их лучевые пушки, чтобы освободить людей от их злого контроля.

Генерал Уилсон сказал: «Мы могли бы подумать о том, чтобы использовать дроны для сброса слезоточивого газа или какого-нибудь нервно-паралитического газа, чтобы парализовать врага на короткое время». Тогда мы могли бы десантировать наших людей туда с самолетов, используя парашюты. Они использовали бы лучевые пистолеты, чтобы вывести из строя вражеских солдат в очень большом количестве, чтобы Нумеро Куатро был выведен из строя. Заставит ли это их покинуть нашу землю навсегда?

Шимпанзе сказал: «Если Нумеро Куатро будет выведен из строя, земля, безусловно, станет свободной». Демон Ягуар сбежит в какое-то далекое место, забрав с собой всех четверых из своей банды, но ---

Генерал прервал: «Какую проблему вы предвидите?»

Шимпанзе сказал: «Можешь ли ты точно сбросить бомбы с нервно-паралитическим газом на обширную территорию, чтобы парализовать тысячи людей одновременно?» Газ не будет распространяться равномерно. Некоторые мужчины не получат достаточной дозы газа, чтобы быть парализованными. Другие могут получить слишком много и быть убитыми. Многие не будут затронуты вовсе. Они уничтожат ваш самолет, убьют ваших солдат. Пожалуйста, проконсультируйтесь с вашими экспертами, чтобы выяснить, является ли это осуществимым планом.

Он снова остановился для эффекта и продолжил: «Во-вторых, вашим солдатам пришлось бы за короткое время расстрелять как минимум двадцать тысяч человек или даже больше, чтобы вывести из строя Нумеро Куатро. Он гораздо крепче, чем Нумеро Уно, который был выведен из строя после того, как около восьми тысяч его людей были застрелены.

Президент США и генерал кивнули, выражая понимание. Генерал сказал: «Да, я понимаю, что будет трудно эффективно использовать слезоточивый газ и нервно-паралитический газ. У нас почти нет опыта использования нервно-паралитического газа в крупных масштабах. Я спрошу наших экспертов, можем ли мы использовать это для временного паралича большого количества людей на большой территории.

Шимпанзе сказал: "Да, и скажите им, что местность может быть холмистой с множеством деревьев и кустов, так что равномерно распределить газ будет непросто." Пусть они проведут эксперимент с компьютерным моделированием.

Генерал сказал: «Если мы можем быть уверены в победе ценой нескольких сотен или даже пары тысяч жизней с обеих сторон, я бы принял это, чтобы спасти мир».

Президент кивнул головой в знак согласия. Затем шимпанзе сказал им быть осторожными и не появляться на публике.

Он сказал: «Я создам виртуальные изображения вас обоих, которыми вы сможете управлять». «Пусть они появляются на публике, когда это необходимо».

Глава 5 - Неожиданное

Дети собрались у Генри дома. Его мать приготовила большое количество бутербродов и немного пирога, которые они с удовольствием ели, запивая молоком или холодным напитком. Диего и Роберт продолжали хвалить торт, что очень обрадовало мать Генри, и она сказала: «Интересно, о чём вы говорите в своём домике на дереве».

Диего ответил: «Это в основном о нашей школьной работе, проектах и всяких таких вещах».

После того как они закончили трапезу, они поднялись в домик на дереве. Шаткую лестницу починил отец Генри, поэтому они быстро поднялись, так как немного опаздывали на встречу с Шимпом.

Он появился обычным образом: сначала в окно влетел большой лист бумаги, а затем он стал вертикальным. На нем было изображение человека, похожего на шимпанзе. Вскоре оно превратилось в человека.

Мари радостно захлопала в ладоши и сказала: «Каждый раз, когда ты так входишь, я с восторгом наблюдаю».

Шимпанзе улыбнулся ей и сказал: «Я думаю, вы все были довольно активны в раскрытии секретов врага. Расскажи мне об этом.

Генри ответил: «Нумеро Дос и Нумеро Трес активно берут под контроль большое количество новых последователей». Они в основном находятся на таких островах, как Исландия, Ирландия, Англия, Австралия, Новая Зеландия, Шри-Ланка, Филиппины,

Индонезия, Япония, Тайвань и так далее. Мы думаем, что они планируют взять под контроль острова, потому что их трудно захватить, и они могут легко отбить вторжение.

Шимпанзе сказал: «Молодец!» Вы справились намного лучше, чем я ожидал. Я полагаю, вы, должно быть, получили также их имена и адреса.

Генри ответил: «Да, и мы даже выяснили, кто, как ожидается, будет правителями. Они выбрали отдельного правителя для каждого острова.

Шимпанзе был впечатлён и сказал: «Замечательно! Мы должны совершить несколько рейдов на эти острова, чтобы нейтрализовать этих людей, которые будут править. Это расстроит их планы по захвату. Я думаю, что каждый день мы можем атаковать по крайней мере полдюжины островов. Я также передам эти списки правительствам.

Мари ответила: «Нет, я думаю, мы можем атаковать как минимум дюжину островов каждый день».

Шимпанзе сказал: «Да, если нам повезет, но на некоторых островах нам может понадобиться больше времени на охоту за лидерами лопов». Теперь позвольте мне рассказать вам о моей встрече с президентом США и генералом. Они стремятся атаковать Южную Америку. Я рассказал им о трудностях и рисках. Они планируют использовать какой-то нервно-паралитический газ и слезоточивый газ, чтобы нейтрализовать вражеских солдат перед атакой. Их эксперты проверят это, чтобы выяснить, является ли это осуществимым планом.

Генри сказал: «Мы также готовы помочь им всеми возможными способами».

Шимпанзе ответил: «Да, я знаю. «Когда мы нападем, вы все тоже примете участие, но сейчас нам нужно сделать домашнюю работу и составить безупречный план битвы».

Мари спросила: «Как ты думаешь, мы сможем изгнать Демона Ягуара и его банду с нашей земли или сможем захватить их и навсегда заключить в тюрьму?»

Шимпанзе ответил: «Это вопрос на миллион долларов». Моя величайшая цель — поймать Демона Ягуара и его банду и наказать их. К сожалению, я не вижу, чтобы это произошло. «Нам предстоит сделать еще многое, прежде чем мы сможем освободить Землю от их хватки».

Генри ответил: «Я согласен с тобой». Изгнать их будет гораздо сложнее, чем выгнать из Америки. Я думаю, нам предстоит сделать гораздо больше и спланировать второй раунд борьбы.

Остальные кивнули в знак согласия, и Шимпанзе сказал: «Я отведу вас атаковать остров в эти выходные».

В субботу и воскресенье Шимпанзе повел их атаковать острова. Они начали с Австралии. План был прост. Он оставил Генри и Роберта на дереве возле дома лидера. Они сидели на ветвях, выглядя как орлы для всех проходящих мимо. Шимпанзе отвел остальных троих в район, где жили несколько врагов. Затем они подали сигнал Генри и Роберту и начали стрелять по врагу.

Каждый раз, когда одного из его людей выводили из строя и освобождали от его контроля, Нумеро Трес чувствовал сильный укол. Это выбивало его из равновесия довольно долгое время. Это дало Генри и Роберту время посетить дом лидера, вырубить его и его жену и подать сигнал Шимпанзе, который забрал остальных троих, приехал туда и забрал Генри и Роберта. Сразу после этого они отправились в Тасманию и повторили ту же серию нападений. Затем они совершили набеги на Северный и Южный острова Новой Зеландии и некоторые из крупных островов Японии.

Шимпанзе сказал: «Вы устранили так много лидеров, что Нумеро Тресу потребуется много времени, чтобы найти им замену». Вы заставили его почувствовать сильные уколы, и вдобавок к этому он получит выговор от Демона Ягуара.

Затем он показал им сцены, где Нумеро Трес подпрыгивал и падал на землю, когда чувствовал сильные уколы. Дети долго и громко смеялись.

На следующий день было воскресенье. Шимпанзе встретил их у озера в назначенное время и сказал,

«Сегодня мы будем атаковать в местах, находящихся под контролем Нумеро Дос. Мы будем совершать набеги на Занзибар, Шри-Ланку и крупные острова Индонезии и Филиппин.

На этот раз тоже все сработало с точностью часового механизма, и они устранили многих из ведущих лидеров этих регионов. Перед возвращением шимпанзе отвез их в Национальный парк Корбетт в Индии, где они увидели тигров, слонов и других диких животных. Они все были очень довольны тем, что увидели, и своими успехами в субботу и воскресенье. Было решено, что они совершат еще несколько атак на следующих выходных, а между тем дети постараются получить более подробную информацию о враге.

В четверг произошло что-то неожиданное. Друзья отправились на озеро поплавать днем, но вернулись только поздно вечером.

Родители Генри были обеспокоены и пошли к озеру, но не нашли их. Они связались с родителями остальных, но никто из них не знал, где они находятся. Затем они обратились в полицию, которая начала их искать. Как-то новость дошла до президента США и генерала, который телепатически связался с шимпанзе. Даже он не имел ни малейшего представления о том, что произошло. Президент распорядился провести поиски по всей территории США и связался с лидерами Канады, Мексики и других стран к югу от нее, но информации о пятерых друзьях не было. Президент США и генерал боялись, что их могли убить.

Шимпанзе попытался их успокоить: «Я уверен, что они живы. Если бы их убили, я бы это почувствовал. Я не оставлю ни одного камня неперевернутым, чтобы спасти их. Я уверен, что их захватили и увезли в Южную Америку.

Глава 6 - Франциско делает свой ход

То, что Шимпанзе сказал о том, что друзья были захвачены и удерживаются в Южной Америке, было правдой, но ни Шимпанзе, ни президент, ни генерал не знали, как это произошло. Они ничего не знали о Франциско и его роли. После выздоровления в больнице Франциско начал шпионить, чтобы получить информацию, которая помогла бы Нумеро Уно. Он купил старую армейскую форму и начал ходить в бары возле крупных военных баз, надевая её. Он садился рядом с каким-нибудь солдатом, заводил разговор и направлял его к битве при Призрачной Лощине. Он путешествовал по различным американским военным базам и собирал небольшие фрагменты информации, но ничего особенно ценного. Он решил отправиться в Пентагон, а затем в Вест-Пойнт, но не получил много информации в этих местах. Затем он подумал попробовать удачу в Вашингтоне.

Церемония, проведенная Президентом в честь детей и Генерала, была строго охраняемой тайной. Иногда даже самые лучшие секреты становятся известны. Помощник помогал на церемонии, видел детей и подслушал, что они из Бентонвилла. Он не мог удержаться от того, чтобы не похвастаться перед женой церемонией и детьми. Она, в свою очередь, поделилась секретом с сестрой, одновременно попросив её сохранить его в тайне. Ее сестра рассказала своему мужу Артуру, сержанту-майору, попросив его сохранить это в тайне.

Однажды Артур пил в баре, когда Франциско подошел и сел рядом с ним. Он также был одет в военную форму и начал рассказывать о битве при Призрачной Лощине. Он притворился, будто был одним из американских солдат там. Артур слушал, как Франциско рассказывал о своих вымышленных подвигах, и был впечатлён. Он никому не выдавал секрет до сих пор, но действие напитка развязало ему язык, и он хотел сказать что-то, что произведет впечатление на Франциско.

Он сказал: «Вы будете удивлены, узнав, что я знаю». Я держал это в секрете до сих пор и ожидаю, что ты тоже будешь держать это в секрете.

Франсиско ответил: «Конечно, приятель, я сделаю это». Я такой же преданный солдат, как и ты.

Артур продолжил: «Удивительно, что враг был побежден группой из пяти молодых ребят, которым едва исполнилось двенадцать или тринадцать лет». Им помогал странный человек, который выглядит как шимпанзе.

Это казалось настолько нелепым, что Франческа выпалила: «Ты, должно быть, шутишь!»

Артур ответил: «Вы можете не поверить, но я узнал эту историю от своей жены, чей зять видел, как президент чествовал детей и генерала Уилсона». В довершение всего, они были детьми из маленького городка под названием Бентонвилл, и один из них был девочкой.

В ту ночь Франциско не мог заснуть до позднего времени. Рассказ о детях был нелепым, но он продолжал думать об этом. Он попытался телепатически связаться с Нумеро Уно. Удивительно, но он смог подключиться. Последний оправился всего несколько часов назад. Он выслушал всю историю Франциско, начиная с битвы у Призрачной Лощины и до его встречи с Артуром.

Он сказал: «Франсиско, это может показаться странным, но это может быть правдой». Наш враг изворотлив, и грязные уловки, которые он использует против нас, еще более изворотливы. Вам следует найти это место Бентонвилл, проверить, как там дети, и сообщить мне. Попробуй узнать и об этом генерале Уилсоне. Мы разберемся с детьми, генералом и президентом. Они думают, что они умные, но мы будем смеяться последними!

На следующее утро Франциско обдумал это дело. Может быть несколько небольших городов с названием Бентонвилл. Вечером он вернулся в бар. Ему повезло найти Артура на том же месте. Он подошел к нему и сказал: «Извини, я не поверил тебе вчера». Теперь я думаю, что вы можете быть правы. Откуда вы сказали, что дети?

Артур ответил: «Это какой-то маленький городок недалеко от Сиэтла, не могу сейчас вспомнить название».

Франсиско получил то, что хотел, и попытался узнать больше. Он сказал небрежно: «Я был там с отрядом генерала Уилсона, но он, похоже, исчез бесследно».

Артур ответил: «Вероятно, он прячется в каком-то безопасном месте». Вы знаете, что война еще не закончилась. «Враг контролирует Южную Америку».

На следующее утро Франциско сел на самолет до Сиэтла и отправился в Бентонвилл на автобусе. Он заселился в небольшой отель и сказал менеджеру, что он является агентом по поиску талантов для телевизионной викторины. Он искал самых одаренных детей в возрастной группе от 12 до 13 лет.

Менеджер, мистер Шварц, ответил: «Вам повезло. Вы только что встретили подходящего человека. Есть мальчик по имени Генри Тейлор, который является самым умным мальчиком в городе. У него есть четыре друга, включая девушку по имени Мари. Остальные трое - это Роберт, Джон и Диего. «Эти пятеро — самые яркие и талантливые дети в нашем городе».

Франсиско не мог поверить своей удаче, но он немного сомневался и спросил: «Как ты можешь быть так уверен?»

Мистер Шварц ответил: «Мои два мальчика учатся на один и два класса выше их в школе. Они много раз рассказывали мне об этих детях. Кроме того, отец Генри был моим другом в школе, и мы время от времени встречаемся у него дома. Итак, я много знаю об этом мальчике. Кроме того, вся школа и их учителя говорят, что они исключительные.

Франсиско сказал: «Где я могу встретить этих детей?» Может быть трудно встретить их в школе. Я бы предпочел встречаться у них дома.

Мистер Шварц дал ему адрес Генри, имя его отца и указания, как добраться до его дома. Он также сказал: «Остальные четверо довольно часто навещают Генри». На самом деле, на территории за их домом есть домик на дереве, где они занимаются вместе. Недалеко от дома Генри находится озеро, где они плавают или играют. Если вам повезет, вы можете встретить их всех вместе.

Затем он записал номер телефона мистера Тейлора на клочке бумаги и сказал: «Лучше поговорить с Генри по телефону и договориться о встрече с ними».

Франсиско поблагодарил его и пошел в свою комнату. Он не мог сдержать свою радость и волнение. Он телепатически связался с Нумеро Уно и сказал: «Босс, я просто не могу поверить в свою удачу. Как только я заселился в отель в Бентонвилле, я сорвал джекпот. Я сказал менеджеру, что я скаут по поиску талантов, ищущий одаренных детей. Он рассказал мне о пяти очень умных детях, которые являются близкими друзьями, и одна из них - девочка.

«Почему ты так уверен?» — спросил Нумеро Уно.

«Если история солдата правдива, то это должны быть те самые дети». "Их возраст и количество совпадают." Франсиско ответил.

Нумеро Уно сказал: «Отличная работа! Внимательно слушай, что я говорю. Следите за детьми и постарайтесь привести их всех в уединенное место и свяжитесь со мной. Мы похитим их с вашей помощью и приведем их сюда, а также вас.

«Совершенно ясно, что вы только что сказали», — ответил Франциско. «Что, если я не смогу собрать их всех вместе в уединенном месте?»

"Тогда захвати их лидера и как можно больше остальных," ответил Нумеро Уно. "Я буду ждать твоего звонка днем и ночью." «Если мы не можем поймать их всех, мы должны поймать их лидера».

Франсиско пошел к дому Генри, следуя указаниям менеджера. Он был доволен, увидев, что это был уединенный дом, далеко от других домов. Он обошел дом и увидел домик на дереве. Затем он отправился к озеру и составил свой план. Озеро было бы лучшим местом, чтобы поймать пятерых детей, а домик на дереве был бы вторым вариантом. Каждый день после обеда он приходил и прятался в кустах возле дома, ожидая, когда к Генри придут друзья.

На третий день он увидел, как они прибыли и вошли в дом. Он терпеливо ждал, надеясь, что они все пойдут к домику на дереве или к озеру. После того, что казалось вечностью, они вышли и направились к озеру. Он поговорил с Нумеро Уно и сказал ему быть готовым нанести удар через несколько минут, так как дети направлялись к озеру.

Нумеро Уно сказал: "Я знаю, где ты находишься. Как только вы снова свяжетесь со мной, Нумеро Куатро прибудет туда с четырьмя людьми, и вы все должны выполнить работу быстро.

Когда дети добрались до озера, Франциско дал сигнал, и Нумеро Куатро с четырьмя своими людьми прибыли через несколько секунд. Нумеро Куатро окружил детей электронным полем, через которое не мог пройти ни один сигнал, но люди могли проходить. Четверо мужчин ворвались и схватили детей, которые пытались телепатически связаться с шимпанзе, но их мысли не могли пройти через электронный барьер. Нумеро Куатро схватил всех и умчался в Южную Америку, все еще находясь внутри электронной клетки. Все произошло за несколько секунд. Операция была одобрена Демоном Ягуаром по настоянию Нумеро Уно, хотя он не был полностью убежден, что маленькие дети могли выиграть битву в Призрачной лощине.

Глава 7 - Изменение судьбы

За день до того, как дети были похищены, мистеру Шварцу пришлось срочно уехать из Бентонвилла. Его сестра, которая жила в Сан-Франциско, была нездорова, и он поехал встретиться с ней. Он остался там еще на несколько дней, чтобы заняться важными делами. По возвращении в Бентонвилл он узнал о пропаже детей. Он сразу же сообщил полиции о Франциско. Полиция проводила розыск Франциско, но это ни к чему не привело. Офис президента был проинформирован об этом, и он вызвал Шимпанзе и Генерала на встречу.

Они встретились в секретном убежище Президента. После рассказа о Франциско президент сказал: «Полиция разыскивает этого человека». Очень хороший набросок был распространен, и мы получаем некоторые наводки, которые показывают, что он был одним из людей врага, захваченных в Призрачной Лощине. Это немного озадачивает, потому что после того, как его вырубили, он не может быть лояльным к врагу. Вы сказали, что враг не может вновь получить контроль над таким человеком.

Шимпанзе ответил: «В большинстве случаев это правда, но в редких случаях такие люди могут сохранить свою прежнюю память и оставаться верными своему бывшему хозяину». Я уверен, что он все еще верен врагу. Он, должно быть, связался с Нумеро Уно, который, вероятно, приехал из Южной Америки и похитил детей. Мое шестое чувство подсказывает мне, что они живы, но я не могу определить, где они находятся. Они должны находиться внутри какого-то здания или пещеры в Южной Америке в электронной клетке. Это предотвращает любой контакт с внешним миром. Возможно, они допрашивают их.

Генерал спросил: «Разве мы не можем ничего сделать, чтобы спасти их?»

Шимпанзе ответил: «Даже я не могу их найти. Если они получат шанс и свяжутся со мной, то я смогу их найти, прилететь и спасти.

Президент спросил: «Если вы пролетаете над Южной Америкой, разве вы не можете обнаружить их присутствие?» Шимпанзе вздохнул и сказал: «Как бы я хотел, но это просто невозможно». Даже если я пролетаю в нескольких футах от электронного заграждения, я не могу их обнаружить, но могу вас заверить, что они живы и здоровы.

Президент спросил: «Как вы можете быть так уверены?»

Шимпанзе ответил: «Я установил с ними очень глубокую связь. Я бы почувствовал это, если бы их убили. Я сосредоточусь на поиске Демона Ягуара, а затем время от времени буду проверять, не приходят ли к нему его помощники, и постараюсь подслушать их разговор.

Генерал сказал: «Мое сердце кровоточит за этих храбрых детей». Я не могу вынести мысли о пытках, которым их подвергают, чтобы заставить их выдать наши секреты.

Президент сказал: «Точно такие же мысли пришли мне в голову». Я бы хотел, чтобы мы обеспечили им лучшую безопасность.

Шимпанзе возразил: «Секретность была для них наилучшей возможной защитой. Их роль держалась в секрете. Они пережили множество ударов и находились под огромным стрессом в течение длительного времени. Вот почему я считал, что они будут восстанавливаться лучше, оставаясь дома в свободной атмосфере.

Президент США сказал: «Если вы так уверены, что они в Южной Америке, тогда нам следует отменить полицейские поиски их».

Шимпанзе ответили: «Поиски должны продолжаться. Это введет врага в заблуждение, заставив его думать, что мы относимся к этому как к обычному похищению.

Генерал сказал: «Захват детей — большая потеря, но мы должны продолжать подготовку к борьбе с врагом без их помощи». Мы должны учитывать, сколько информации враг может извлечь из них.

Президент добавил к этому: «Наши ученые проводят исследования для разработки материалов, которые защитят наших людей от лучевых пушек врага». Кроме того, мы пытаемся разработать дистанционно управляемые дроны, которые могут нести лучевые пушки для атаки на вражеских солдат. Наши ученые также работают над другими идеями, чтобы победить врага.

Генерал заговорил: «Мои люди используют небольшие подводные лодки для шпионажа за прибрежными районами Южной Америки. Они обнаружили местоположение нескольких крупных прибрежных лучевых пушек. Кроме того, они следили за некоторыми вражескими кораблями, направляющимися в Африку и Европу, но мы их не атаковали. Я думаю, пришло время нам это сделать. Я не уверен, что эти подводные лодки защищены от нападения Демона Ягуара или его приспешников.

Шимпанзе ответил: «Они в безопасности, пока находятся под водой». На поверхности они могут быть потоплены тяжелыми лучевыми пушками кораблей. Демонические ягуары также могут использовать свои магические силы, чтобы потопить их.

Президент США сказал генералу: «У вас есть мое разрешение атаковать вражеские корабли и береговые орудия, пока мы не потеряем много наших людей и подводных лодок». Интересно, какой груз перевозят их корабли.

Шимпанзе ответил: «Их корабли оснащены лучевыми пушками и антеннами, которые передают управляющие и контролирующие мысли волны».

Генерал ответил: «Его помощники сильны и могут быстро летать между континентами». Почему они не несут оборудование?

Шимпанзе возразил: «Для этого они потратят много умственной энергии, которую Демон Ягуар собирает из умов своих поклонников. Корабли работают на топливе, которое легко доступно. Если мы потопим их корабли, мы замедлим их продвижение. Я также хотел бы взять некоторых ваших солдат в Южную Америку, чтобы узнать больше о враге. «Мне придется дать им несколько магических устройств и обучать их в течение нескольких дней.»

Генерал сказал: «Я попрошу добровольцев, и вы сможете выбрать лучших из них».

«Очень хорошо», — ответила шимпанзе. «У меня есть сильное чувство, что мы очень скоро спасем детей».

Их встреча закончилась на этой позитивной ноте.

Глава 8 - Испытание детей

Скорость, с которой детей увезли в Южную Америку, шокировала их. В один момент они были у озера позади дома Генри, а в следующий момент их схватили какие-то хулиганы и перенесли в пещеру Нумеро Куатро. Они узнали его по изображениям, которые им показал Шимпанзе. Им понадобилось всего несколько секунд, чтобы понять ситуацию. Теперь они были пленниками врага. Инстинктивно они поняли, как действовать в этой ситуации. Они знали, что враг попытается извлечь информацию из них, отслеживая их мысли и допрашивая их. Возможно, враг даже будет их пытать. Они понимали, что их лучшая защита заключалась в том, чтобы контролировать свои мысли и исключать все мысли о враге, Шимпанзе и их стычках и битвах с врагом. Во время шпионской деятельности, стычек в Африке и битвы при Призрачной Лощине они контролировали свои мысли, чтобы не выдать свои секреты. Они сосредоточились на размышлениях о своих домах, школе, играх и других невинных занятиях. Это было немного сложно, но они справились, потому что у них было много практики в прошлом.

Пещера была хорошо освещена, и у входа стояли два охранника, вооруженные лучевыми пистолетами. Нумеро Куатро приказал своим четырем людям оставаться в пещере и охранять пленников посменно по восемь часов, при этом двое должны были находиться на страже у входа в пещеру в любое время. Тем временем Франциско притворялся, что он тоже пленник. Он продолжал повторять: «Я невиновен». «Почему вы меня похитили?»

Нумеро Куатро сказал: «Заткнись». Я отведу тебя в свою камеру пыток, и мы скоро узнаем от тебя правду.

Это напугало детей, но также сделало их более решительными не рассказывать ни одного из своих секретов врагу. Нумеро Куатро сказал охранникам, что уходит, схватил Франциско и исчез. Он пошел встретиться с Нумеро Уно, которому сказал: «Мы поймали этих детей, и они находятся в пещере под надежной охраной». Они не знают, что Франциско — наш человек. Теперь давайте пойдем и встретимся с Боссом.

Затем они быстро отправились навстречу Демону Ягуару. Нумеро Уно сказал: "Босс, мы поймали детей, которые сражались против нас." Этот человек, Франциско, отлично справился с задачей шпионажа и выяснения информации об этих детях. Нумеро Куатро поймал их и поместил в пещеру под охраной. Они не могут сбежать, и электронная клетка не позволит этому глупому шимпанзе их найти.

Демон Ягуар не был впечатлён, "У этого человека нет твоей ауры, значит, он не под твоим контролем. Во-вторых, мне трудно поверить, что группа из пяти маленьких детей могла вывести из строя тысячи ваших людей в Призрачной Лощине и вынудить вас покинуть Северную Америку. Как мы можем полагаться на то, что этот человек говорит о тех детях? У нас нет других доказательств того, что они сражались против нас. Ничего не сообщалось в их газетах, на радио или телевидении о детях, сражающихся против нас.

Нумеро Дуо ответил: «Франсиско полностью предан мне. Он находился под моим контролем с первых дней нашего пребывания в Перу. Он поехал со мной в Северную Америку и был как правая рука. Он был выведен из строя во время битвы в Призрачной Лощине, и поэтому у него нет ауры, но он помнит все события в период, когда находился под моим контролем. Другие не могут вспомнить. Итак, это означает, что он отличается от других людей. Он помогал нам добровольно и вернулся к нам. «Если бы он не был нам верен, разве он вернулся бы?»

Демон Ягуар возразил: «Я знаю, что его жена и сыновья находятся на фабрике в Венесуэле. Вы просили меня передать их под ваш контроль. Может быть, он притворяется верным из-за них. Может быть, он двойной агент, подосланный той обезьяной, которая известна под именем Чимп. «Возможно, его послали сюда, чтобы шпионить за нами».

Франсиско возразил: «Я честный человек». Как вы можете подозревать меня? Я полностью предан вашему делу? Мое будущее связано с твоим. Если эти дети невиновны, почему бы я помог привести их сюда?

Нумеро Уно высказался в его пользу: «Босс, мое чутье подсказывает мне, что то, что он говорит о детях, правда».

Нумеро Куатро заговорил: «Босс дал мне свободу действий, чтобы допросить этого Франциско и детей. «Я выведаю у них правду».

Демон Ягуар громко рассмеялся и сказал: «Куатро, мы все знаем, что ты можешь заставить любого признаться в чем угодно, даже если они не виновны. Я хочу встретиться с детьми, а затем решить, что делать. Оставь Франциско позади в качестве пленника под охраной, и после этого ты можешь прийти в пещеру.

Внезапное появление Демона Ягуара и Куатро в пещере напугало детей. Демон Ягуар был очень высоким и угрожающим, в то время как Куатро был коренастым, уродливым и зловещим на вид. Дети думали, что теперь начнутся пытки. Они приготовились.

Их страхи усилились, когда Куатро сказал: «Я поместил вашего друга в камеру пыток». Несколько часов там, и он сломается и расскажет всё. Почему бы тебе тоже не признаться, иначе нам придется поместить тебя в камеру? «Я обещаю, это будет очень больно».

Генри знал, что лучше притвориться испуганным и умолять пощадить его. Он сыграл роль испуганного ребенка и сказал: «Мы невинные маленькие дети, и нас похитили ваши люди возле моего дома». Наши родители заплатят любые деньги, которые вы хотите, чтобы освободить нас. Мы не знаем, в чем вы хотите, чтобы мы признались. Мы никогда не видели этого человека. Мы даже не знаем его имени.

Остальные также начали умолять об освобождении. Мари притворилась, что громко плачет, и даже пролила много слез. Она продолжала повторять: «Пожалуйста, отпустите нас». «Разве ты не видишь, что мы невинные маленькие дети?»

К этому времени Нумеро Уно уже появился. У него был огромный живот и маленькая голова. Это придавало ему комичный вид, но дети были слишком напуганы, чтобы смеяться над ним.

Он сказал: «Босс, эта хитрая обезьяна очень хорошо натренировала этих детей». Посмотри, как хорошо они играют и лгут. «Может быть, тебе стоит позволить Нумеро Куатро выбить из них правду».

Демон Ягуар сказал: «Куатро не должен тратить свое время. Он и все мы должны заняться более важными делами. Теперь давайте покинем это место.

Затем все трое исчезли. Вернувшись в свое логово, Демон Ягуар сказал: «Установите устройство для мониторинга мыслей в их пещере и также рядом с тем Франциско». Куатро, отправляйся в

Бентонвилл с несколькими своими людьми и установи устройства для мониторинга мыслей на крышах домов родителей каждого из них. Мы будем следить за их мыслями в течение двух дней. Если дети были вовлечены в битву против нас, мы получим некоторые доказательства. Теперь давайте вернемся к нашим задачам.

Следующие два дня были критическими, но дети обладали огромным контролем над своими мыслями, и устройства не зафиксировали ничего, что могло бы связать их с Шимпанзе или битвой в Призрачной Лощине. Их родители не знали об их деятельности, поэтому их мысли также не выдали ничего подозрительного. Франсиско был предан Дуо, и устройство не зафиксировало никаких нелояльных мыслей.

На третий день состоялась долгая дискуссия между Демоном Ягуаром и Нумеро Уно. Первый сказал, что дети были невиновны, а Франциско, хотя и был преданным, совершил ошибку, поверив в историю, рассказанную Артуром. Нумеро Уно утверждал, что дети определенно были вражескими агентами, и Шимпанзе, должно быть, использовал свои магические способности, чтобы стереть доказательства из их сознания и сознания их родителей.

"В прошлом вы мне не верили, когда я говорил, что Шимпанзе прибыл на Землю и вмешивался в наши дела. «На этот раз ты тоже поймешь позже, что я прав?» — сказал Дуо.

Нумеро Куатро снова предложил пытать детей и выведать правду. Демон Ягуар сказал: «Нет. Оставьте устройство для мониторинга мыслей в их пещере, пока они здесь». Если они виновны, они совершат ошибку, и устройство поймает их. Верните устройства и ваших людей из Бентонвилла. Я не хочу рисковать тем, что наши люди будут обнаружены врагом. Пусть этот человек Франциско пойдет встретиться со своей семьей. Я совершенно уверен, что он совершил глупую ошибку, но он предан нам.

Оба, Нумеро Уно и Куатро, протестовали, но Демон Ягуар сказал: «Я уже принял решение, так что больше никаких споров».

Франсиско воссоединился с женой и сыновьями после долгого времени. Их радость не знала границ. Он рассказал им все, что произошло с момента его захвата в Перу. Они, в свою очередь, рассказали ему о своих первых страданиях, когда им приходилось молиться перед живым образом Демона Ягуара, и об улучшении, когда их перевели под контроль Нумеро Куатро и отправили на фабрику в Венесуэле. Они находились только под частичным контролем Нумеро Куатро и сохраняли значительную способность к независимому мышлению. Это особенно касалось его жены. Когда они остались наедине с женой, Франциско сказал ей, что если он сможет помочь Нумеро Уно завоевать Северную Америку, то Уно сделает Франциско президентом США, а она станет первой леди.

Она отшатнулась в ужасе и сказала: «Я не приму ничего от этих злых существ». Они намерены уничтожить всю человеческую жизнь.

Франсиско был ошеломлён и вступил с ней в спор. Он пытался убедить её в преимуществах стать президентом США и первой леди. Он рассказал ей о силе и славе, о выполнении своих амбиций и о преимуществах для их сыновей.

Она отказалась рассматривать это и сказала: «Вы совершили великое преступление, помогая захватить этих детей, которые сражались с этими злыми существами». Вы должны помочь им стать свободными, иначе я больше никогда с вами не заговорю.

Франсиско попытался заручиться поддержкой своих сыновей, но они встали на сторону матери. Они сказали: «Лучше всем четверым умереть, пытаясь освободить детей». Важно, чтобы они продолжали свою борьбу против этих злых монстров и спасли нашу планету.

Франсиско ответил: «Я всегда старался обеспечить лучшее для своей семьи». Теперь у меня есть шанс стать президентом самой могущественной страны, а ты отказываешься от него. Я не хочу эту должность только ради собственной славы. Я делаю это также для моей жены и сыновей. Я хочу, чтобы весь мир уважал вас всех.

Его жена и сыновья отказались уступить. Наконец, они заставили его понять, что то, что он делал, было совершенно неправильно для человечества. Он почувствовал грусть и раскаяние и сказал: "Я рад, что ты открыл мне глаза на реальность этих злых существ." Теперь я полон решимости помочь освободить этих детей, даже если это будет стоить мне жизни, но я беспокоюсь, что они будут пытать вас всех, если я их предам.

Его жена ответила: «Наши два сына и я с радостью примем любые пытки или смерть ради этих детей».

Сыновья также сказали, что полностью согласны с матерью.

Франсиско сказал: «Освободить этих детей будет нелегко». Я должен придумать, как это сделать.

Франсиско знал, что дети ничего не раскрыли и все еще находились в плену в пещере. Его ум лихорадочно работал, и в блестящем озарении в его голове возник план. Он телепатически связался с Нумеро Уно и спросил его: «Признались ли эти дети в том, что сражались против нас?»

«Нет, пока нет», — ответил Нумеро Уно, — «но я все еще надеюсь, что устройство для чтения мыслей может...».

раскрыть что-то.

Франсиско сказал: «Я мог бы помочь тебе». Если вы поместите меня в пещеру, я завоюю их доверие и заставлю их раскрыть правду. Они не подозревают меня, и я могу легко обмануть их, притворившись, что помогаю им сбежать.

Нумеро Уно ответил: «Звучит как хорошая идея, но позволь мне получить одобрение начальника».

Вскоре он поговорил с Франциско и сказал: «Босс был не слишком доволен этой идеей, но я убедил его, что это сработает, и он согласился».

Франсиско был приведен в пещеру Нумеро Куатро, который грубо обращался с ним перед детьми и сказал охранникам: "Вот еще один заключенный для вас." Он хитрый парень, так что будь осторожен.

План Франциско был прост. Он знал, что охранники знали, что он был одним из их людей и был внедрен, чтобы получить информацию от детей. Он завел с детьми легкую беседу и горько жаловался им на то, что его мучают. Ночью дети и четверо дополнительных охранников легли спать, и только двое у входа в пещеру не спали. Он выжидал и притворялся спящим, но время от времени приоткрывал один глаз, чтобы наблюдать за охранниками. Через некоторое время охранники расслабились и начали разговаривать друг с другом. Франсиско тихо подкрался к ним, выхватил у одного охранника оружие, застрелил их обоих и бросился туда, где спали остальные охранники, и застрелил всех четверых подряд. Быстро он разбудил детей и призвал их бежать из пещеры.

Он знал, что Нумеро Куатро почувствует уколы и скоро оправится. Он хотел увезти детей как можно дальше от пещеры. Как только они вышли из электронной клетки, Генри связался с Шимпанзе, который был настороже в ожидании любого сигнала. В мгновение ока он добрался до места, схватил детей и Франциско и унес их всех в гималайскую пещеру, где заключил их всех в электронную клетку.

Нумеро Куатро добрался до пещеры через пару минут. Он почувствовал уколы и оправился через несколько секунд, но ему понадобилось пару минут, чтобы понять, где произошел инцидент. Он был потрясен, обнаружив охранников без сознания, а заключенные исчезли. Сначала он подумал, что они могли скрыться в окружающем лесу, и попытался использовать свои способности, чтобы их найти, но они исчезли без следа. Он поспешил вернуться, чтобы сообщить плохие новости Демону Ягуару. Последний был в ярости и использовал свои силы, чтобы найти детей, но потерпел неудачу, хотя его силы были намного больше, чем у Нумеро Куатро. Затем он понял, что шимпанзе, должно быть, поместил их в электронную клетку. Это разозлило его еще больше, и он вызвал Нумеро Уно, чтобы выплеснуть на него свой гнев, сказав: «Это полностью твоя вина». Почему ты настаивал на том, чтобы поместить этого негодяя Франциско к ним? Он вырубил ваших охранников и сбежал с детьми, и даже я, со всеми моими силами, не могу их найти.

Нумеро Уно попытался защитить свое решение: «Мы тестировали Франциско два дня, и ты сам заявил, что он предан нам». Я уверен, что дети смогли одолеть охранников и призвали ту хитрую обезьяну, которая унесла их и также взяла Франциско в плен. Эта шимпанзе, должно быть, пытает его, чтобы получить информацию о нас. Я все время говорил, что эти дети в союзе с той обезьяной, и она научила их всем своим хитрым трюкам. Это, безусловно, доказывает, что я говорил правду.

Демон Ягуар не смог опровергнуть его аргумент. Он сказал: «Ты был прав насчет детей, но я не уверен в лояльности Франциско». Возможно, наше устройство для отслеживания мыслей было неисправно, или он один из тех необычных людей, чьи мысли невозможно правильно отслеживать. Если мы обнаружим, что он предал нас, мы можем отомстить, пытая его семью, которую мы удерживаем в Венесуэле.

Нумеро Куатро тихо слушал. Вдруг он заговорил: «Я быстро отправлюсь в Венесуэлу и привезу его семью сюда вместе со мной». Он вскоре вернулся с плохими новостями: жена и сыновья Франциско исчезли без следа. Тщательный обыск показал, что они ушли внезапно, оставив свои постели в беспорядке.

Он сказал: «Босс-шимпанзе, должно быть, забрал их».

Это снова разозлило Демона Ягуара. Он закричал на Нумеро Уно: «Это наверняка доказывает, что Франциско предал нас и присоединился к врагу». Он, его жена и сыновья могут предоставить им много информации о нас. Это полностью твоя вина.

Нумеро Уно извинился: «Простите меня, босс. Я совершил большую ошибку, доверившись Франциско. Я все еще не полностью оправился от болезненных травм, которые получил ранее. Теперь я думаю, что Франциско полностью нас обманул. Он, должно быть, заключил сделку с этой преступной обезьяной, чтобы предать нас и освободить свою семью. Эти дети, должно быть, невинные приманки. Эта обезьяна, должно быть, многое приобрела, получив жену и сыновей Франциско, потому что они могут предоставить много информации о нас.

Нумеро Куатро сказал: «Но они под моим контролем, так что не могут передать врагу никакой информации». «Если бы их выпустили, я бы почувствовал три укола».

Нумеро Уно возразил: «Если бы их вырубили и выпустили внутри электронной клетки, то вы бы не почувствовали никаких уколов».

Нумеро Куатро ответил: «Верно, но как только их освободят, они забудут всё и не смогут выдать наши секреты».

Нумеро Уно сказал: "Не будь слишком уверенным. Франсиско помнил все, что произошло, пока он был под моим контролем.

Теперь заговорил Демон Ягуар: «Франсиско был редким исключением. Было бы слишком большим совпадением, если бы его жена и сыновья были похожи на него. Теперь у меня такое чувство, что эти дети невиновны, и только Франциско может предоставить информацию той обезьяне. В любом случае, он не может много рассказать о Южной Америке. Мы на самом деле не потеряли много. Эта обезьяна должна будет держать этих людей в электронной клетке постоянно. Он знает, что как только они выйдут из клетки, я это почувствую, и мне потребуется всего пара минут, чтобы найти и поймать их. Ему придется тратить свое время и энергию, чтобы обеспечить их безопасность.

ГЛАВА 9 - ГИМАЛАЙСКАЯ ПЕЩЕРА

Шимпанзе находился внутри большой пещеры в Гималаях. Снаружи горы и долины были покрыты толстым слоем снега, и стоял ужасный холод. Пещера была хорошо освещена и комфортно тепла. Он был хорошо снабжен едой и другими необходимыми вещами, такими как фонари, спальные места в огороженных помещениях, а также едой и водой. Там даже была небольшая кухня с морозильной камерой и холодильником. Пять друзей, Франциско и члены его семьи сидели на табуретах или стояли перед Шимпанзе. Он подготовил пещеру для пятерых друзей в ожидании их освобождения, и она не была предназначена для размещения дополнительных людей.

Шимпанзе сначала спас пятерых друзей и Франциско, познакомил их друг с другом, а затем спас семью Франциско. Теперь он с большим интересом слушал их истории. Сначала Генри рассказал об их пленении и заключении. Затем Франциско рассказал свою историю, которая была довольно длинной и захватывающей. Затем миссис Диас и её сыновья рассказали свою историю. Франсиско и его семья были благодарны за свое спасение и постоянно говорили, что готовы сделать все, чтобы помочь Шимпанзе спасти мир.

Шимпанзе сказал: «Ты не должен выходить из пещеры. Я заключил это в электронный барьер. Если вы выйдете на улицу, Демон Ягуар обнаружит ваше местоположение через пару минут и отправит своих людей, чтобы убить или похитить вас.

Это вызвало шоковую волну среди пяти друзей и семьи Диас. Они все были крайне разочарованы и выразили свое недовольство, громко протестуя. Мари сказала громче всех: «Я с нетерпением ждала, когда мы выгоним Демона Ягуара и его банду, а теперь мы фактически пленники в этой пещере. Это самое разочаровывающее, что я слышал. «Разве ты ничего не можешь с этим сделать?»

Два сына Франциско сказали: «Мы с нетерпением ждали возможности отомстить этому монстру, но все же мы хотели бы сделать все возможное, чтобы помочь вам спасти мир».

Остальные все выразили свои чувства. Выслушав их, шимпанзе сказал: «Я понимаю ваше разочарование. Уверяю вас, что вы все непременно поможете в будущих сражениях и нашей победе так или иначе.

Мари сказала: «Надеюсь, вы говорите это не только для того, чтобы нас утешить». Мы были так счастливы и взволнованы тем, что нас спасли, что забыли поблагодарить Бога и вас.

Шимпанзе ответил: «Поверь мне, я счастливее тебя, что смог спасти тебя». Я бы никогда не простил себя, если бы с тобой что-то случилось. Я хочу поблагодарить Франциско за его помощь.

Генри сказал: «Да, мы также благодарим вас и его за помощь в нашем спасении». Он рисковал своей жизнью и жизнью своей семьи.

Франсиско сказал: «Я просто исправлял серьезную ошибку, которую совершил, когда способствовал твоему похищению». «Вы должны поблагодарить мою жену и сыновей, которые помогли мне осознать ошибку, которую я совершил».

Г-жа Диас ответила со слезами на глазах: «Нас спасли от живого ада». Это восстановило мою веру в Бога. Я уверен, что мистер Чимп найдет способ спасти Землю от этих дьяволов.

Это отрезвляюще подействовало на всех. Шимпанзе сказал: «Теперь я оставлю вас одних, чтобы вы могли лучше познакомиться друг с другом». Я хочу лично сообщить хорошие новости президенту и генералу. Я также хочу устроить пещеру для семьи Диас.

После этого шимпанзе постепенно исчез. Мари сказала: «Я уверена, что он найдет способ, чтобы мы могли выйти и сразиться с врагом». Теперь давайте поедим и выпьем что-нибудь, потому что я уверен, что Роберт должно быть очень голоден и хочет пить. Еще до того, как она успела закончить предложение, Роберт уже отправился на поиски еды. Все остальные последовали за ним.

Шимпанзе умчался в США со скоростью мысли. Он разговаривал с президентом США и генералом в защищенном месте первого. Он сообщил им новости о спасении и объяснил роль, которую сыграл Франциско. Оба испытали облегчение и радость, услышав новость, но были разочарованы тем, что детям придется оставаться внутри пещеры. Они были рады, что Франциско и его семья смогли предоставить много полезной информации о враге.

Президент США сказал: «Вы будете рады узнать, что все семь пропавших вражеских солдат найдены». Один был убит в Призрачной Лощине, и теперь мы нашли его тело. Другие страдали амнезией и были задержаны нашей полицией. Пятеро других за пределами США также учтены.

Генерал Уилсон сказал: «Наши ученые провели испытания и эксперименты с нервно-паралитическим газом и слезоточивым газом, а также с бомбами, которые вызывают ударные волны, и небольшими устройствами, создающими звуковые удары». Они в лучшем случае будут частично эффективны против врага на открытой равнине, когда не дует сильный ветер. Мы также провели испытания, используя лучевые пушки, установленные на дистанционно управляемых дронах, чтобы стрелять по движущимся целям на земле. У нас был хороший успех, но враг также может сбивать наши дроны с помощью своих тяжелых орудий.

Президент говорил о исследовании материала, который не может быть проницаемым для лучей. Ученый разработал материал, но его можно было производить в очень небольших количествах.

Он сказал: «Если мы сейчас попытаемся осуществить крупномасштабное вторжение в Южную Америку, мы потеряем слишком много людей без гарантии победы». Он сделал паузу и добавил: «Мое сердце кровоточит за народ Южной Америки, который продолжает страдать». После победы в Северной Америке у нас были надежды на быструю и легкую победу в Южной Америке.

Шимпанзе сказал: «Мне нужны запасы еды, кровати и другие вещи для второй пещеры, которую я буду использовать для семьи Диас».

Когда он заговорил, в его руке появился листок бумаги. У него был список необходимых предметов. Генерал сфотографировал это и отправил снимок офицеру для немедленных действий.

Затем он сказал: «Я приказал ему дать вам все, что вам понадобится в будущем». Вам просто нужно отправить ему телепатическое сообщение, и он даст вам все, что вам нужно.

Шимпанзе поблагодарил его и сказал: «Теперь я возьму материалы и устрою семью Диас в другой пещере». Позже я приведу их, чтобы они могли предоставить вам любую информацию о Южной Америке, которую смогут. Теперь я не могу использовать детей, поэтому я использую ваших солдат для нападения на островные страны, у меня есть одно важное задание для вас.

«Назовите это, и это будет сделано», — ответил генерал.

Шимпанзе сказал: «Самое главное, я хочу, чтобы вы отправили небольшие дроны ночью, чтобы составить карту расположения их прибрежных артиллерийских батарей и заводов в Венесуэле».

«Разве ты не думаешь, что тебе было бы легче заниматься шпионажем?» — спросил президент. «Я говорю это потому, что у нас нет дронов, оснащенных камерами ночного видения или радаром. Это заняло бы слишком много времени, чтобы развить такую способность.

«Извините, законы природы не позволяют мне предоставить вам эту информацию», — ответила шимпанзе. «Если вы что-то обнаружите, я смогу подтвердить ваши выводы и предоставить вам дополнительную информацию.»

«Законы природы усложняют дела», — сказал генерал.

«Нет», — ответил Шимпанзе, — «они нужны, чтобы убедиться, что ты приложил достаточно усилий, и только после этого я смогу добавить что-то от себя, но я могу дать тебе совет, руководство и немного магических сил». В чрезвычайной ситуации я могу проявить инициативу, чтобы спасти жизни тех, кто сражается против Демона Ягуара!

Затем он посоветовал им делать все возможное, чтобы причинить вред врагу, не подвергая опасности своих людей. После этого он попрощался и постепенно исчез.

Глава 10 - Шимпанзе чувствует беспокойство

Спасение детей сняло большую тяжесть с души Шимпанзе, но его радость была недолгой. Его надежды на быструю победу над врагом исчезли. Он был разочарован тем, что североамериканские силы не могли провести крупномасштабную атаку, чтобы быстро победить Демона Ягуара. Он рассчитывал на то, что пятеро друзей сыграют важную роль, но теперь они выбыли из строя. Казалось, что бой затянется надолго, и многие солдаты с обеих сторон погибнут. Агония народа Южной Америки будет затянута. Многие из них могут пострадать от повреждения мозга и стать слабоумными. Эти мысли заставляли его чувствовать себя несчастным и обеспокоенным.

Он выбрал еще две пещеры в Гималаях и поместил туда еду и другие материалы, чтобы сделать их пригодными для жизни. Франсиско и его семью перевели в одну пещеру, и они предоставили ему много информации о враге и их фабриках в Венесуэле. У противника были самолеты и вертолеты с радаром, которые патрулировали многие районы Южной Америки.

Информация была полезной, но факт оставался фактом: быстрой победы не предвиделось. Он чувствовал, что ему необходимо найти замену для пятерых детей. Вот почему он запасся третьей пещерой. Он беспокоился, что обучение новых детей займет много времени. Он обдумывал этот вопрос и размышлял несколько часов.

Вдруг у него появилась блестящая идея, и он сразу же приступил к действиям. Замена пятерым должна состоять из четырех мальчиков и одной девочки, которые максимально соответствовали бы индивидуальным качествам пятерых друзей. Они также должны быть экспертами в йоге, которые могут контролировать свой разум и мысли в течение длительных периодов. Где, как не в Индии, найти таких детей.

Он работал с бешеным лицом, разыскивая таких детей по всей Индии. Он искал в интернете, социальных сетях и новостных медиа и составил короткий список из десяти детей, которые подходили для его цели. У него был бы запасной вариант для каждого ребенка на случай, если ребенок первого выбора откажется присоединиться к борьбе.

Теперь наступила сложная часть. Как подойти к его детям, которые являются его первым выбором? Он выбрал Рохана Махадевана из Ченнаи в качестве своего первого выбора на замену Генри. Однажды ночью Рохан крепко спал, когда Шимпанзе явился ему во сне и рассказал о вторжении инопланетян и битве против врага в Призрачной Лощине, которую вели пять друзей, а также о поимке вражеских солдат по всей Северной Америке. Он обратился к Рохану за помощью в борьбе с врагом. На следующее утро Рохан проснулся и вспомнил каждую деталь сна, как будто это было что-то, что произошло в реальности. Он был крайне озадачен.

В тот вечер он был в своей комнате после ужина, когда Шимпанзе создал звуковой барьер вокруг комнаты, вошел в нее и закрыл дверь. Рохан услышал скрип двери и обернулся. Он увидел чистый лист бумаги. Затем на нем появилось изображение мужчины. Мужчина имел некоторое сходство с шимпанзе. Затем изображение превратилось в реального человека. Это ошеломило и испугало Рохана, который был слишком потрясен, чтобы двигаться. Его большой черный кот, Шайтан, вылез из-под кровати и напал на незваного гостя своими когтями. Это не произвело никакого эффекта на незваного гостя, который сказал: «Рохан, не бойся, я друг. Я появился в твоем сне прошлой ночью. Я хочу, чтобы ты помог мне, чтобы мы могли победить злых пришельцев, которые вторглись на нашу землю.

После яростной атаки Шайтан успокоился и дружелюбно мурлыкал. Шимпанзе поднял его. Рохан почувствовал себя спокойнее и спросил: «Кто вы?» Как вы вошли в наш дом? Вы маг или гипнотизер?

Шимпанзе ответил: «Я добрый дух, который пришел на землю, чтобы помочь. Ваш кот понимает, что я друг. Я буду направлять людей, чтобы они могли сражаться с злыми захватчиками и избавиться от них. Я твой друг. Вы можете называть меня Шимп.

Рохан сказал: «Я слышал о злых захватчиках. Я знаю, что армии североамериканских стран победили их и взяли много пленных, но они все еще контролируют Южную Америку. Я не знаю ни одного доброго духа, который пришел бы на землю, хотя я мечтал о нем прошлой ночью.

Шимпанзе ответил: «Да, я появился в твоем сне прошлой ночью. Я могу ответить на все ваши вопросы позже. Прямо сейчас мне нужна ваша помощь, чтобы набрать ещё четверых детей, которые присоединятся к вам и сформируют команду для борьбы с пришельцами.

Рохан ответил: «Почему бы не воспользоваться помощью индийской армии». В конце концов, в Северной Америке армии сражались против врага?

Шимпанзе ответил: «Вам может быть трудно в это поверить, но основную битву выиграли пятеро американских детей с небольшой помощью армии США». Позже североамериканские армии искали вражеских солдат и захватили их. Роль детей была намеренно сохранена в тайне, чтобы защитить их от врага. К сожалению, враг узнал о них. Итак, мне пришлось спрятать их в тайном месте, чтобы защитить от врага, обладающего магическими способностями. Теперь мне нужно заменить этих американских детей, потому что враг может легко их отследить.

«Почему бы не заменить их американскими детьми?» — был следующий вопрос.

Шимпанзе возразил: «Если американские дети могли возглавить борьбу раньше, то почему индийские дети должны бояться бороться?»

Это прозвучало как вызов для Рохана, и он ответил: «Я не боюсь». Я просто не понимаю, как мы можем бороться с такими могущественными захватчиками.

Шимпанзе ответил: «Я обучал американских детей». Я дал им магические силы и оружие, а также защищал их как ангел-хранитель. Я сделаю то же самое для тебя. Североамериканские армии также помогли им. Вы получите помощь от многих армий мира, и, наконец, но не в последнюю очередь; я полностью уверен в ваших способностях. Однако я должен вас предупредить, что не могу обеспечить стопроцентную защиту. Существует опасность получения травмы или даже гибели.

Рохан был ошеломлён тем, что сказал шимпанзе. Он ответил: «Я готов сделать все, что необходимо, чтобы победить врага, но я должен посоветоваться с родителями, прежде чем принять окончательное решение».

Шимпанзе ответил: «Ты не можешь рассказать своим родителям. Враг следит за мыслями многих взрослых в мире. Если ваши родители узнают, что вы сражаетесь с врагом, они могут следить за своими мыслями и выяснить это. Тогда они могут захватить или даже убить вас или ваших родителей.

Рохан понял и согласился держать это в секрете от своих родителей. Шимпанзе сказал: «Индийский премьер-министр пообещал, что окажет всю необходимую помощь». Он вскоре сообщит вашим родителям, что вы были выбраны для учебного курса и получили стипендию в компьютерном институте в Джайпуре. Это позаботится о вашем отсутствии дома и в школе. Институт предоставит вам свободу приходить и уходить, когда вам угодно, чтобы вы могли свободно сражаться с захватчиками.

Рохан ответил: «Ты все очень хорошо спланировал и объяснил. Есть еще одна проблема. Шайтан должен пойти со мной. Если он не видит меня каждый день, он воет всю ночь.

Шимпанзе сказал: «Хорошо. Он может прийти. Кто знает, может быть, он поможет нам во время войн? Остальные четверо детей: Викрам Адитья Саркар в Калькутте, Риту Каур Сингх в Мохали, Винай Кант в Мхау и Теджас Пратхап в Анклешваре. Сегодня ночью мы явимся им во сне и расскажем о войне против пришельцев, попросив их о помощи. Завтра мы встретимся с ними и убедим их присоединиться к делу.

На следующий день после обеда Шимпанзе отправился в Калькутту с Роханом. Через короткое время они завоевали расположение Викрама. Затем все трое пошли навстречу Винаю Канту и завербовали его. Позже Риту и Теджас также были наняты.

Рохан сказал: «Вы выбрали нас из разных частей Индии, и у всех нас разные родные языки».

Шимпанзе ответил: «Язык не будет проблемой, потому что все мы свободно говорим по-английски». Я сделал все возможное, чтобы выбрать лучший доступный талант. Это чистая случайность, что вы все из разных регионов и говорите на разных языках.

Викрам сказал: «Мы сделаем все возможное, чтобы работать в команде с Роханом в качестве нашего лидера».

Остальные энергично кивнули головами.

Шимпанзе сказал: «Отлично! Завтра письма с предложением о зачислении из Джайпурского института вместе с билетами на поезд будут доставлены к вам домой. На следующий день ваши родители отвезут вас на железнодорожный вокзал, чтобы посадить на поезда. По пути я отвезу вас в Джайпур, где вы завершите оформление документов для поступления и получите комнаты в общежитии. На следующий день я отведу тебя в гималайскую пещеру, которая станет твоей базой для войны против пришельцев. Там я все вам объясню. Время от времени я буду отвозить вас в Джайпурский институт, чтобы вы могли заявить о себе.

Все произошло так, как предсказал Шимпанзе, и через несколько дней Шимпанзе и дети оказались в гималайской пещере. Он рассказал о Демоне Ягуаре и его помощниках, а также о себе и поведал всю историю с того дня, как он прибыл на Землю, до того дня, как начал их вербовать. История была довольно длинной, поэтому он рассказал только основные факты и сказал, что детали они узнают позже. Он сказал им, что они не должны выходить из пещеры, и объяснил, что она окружена электронным барьером. Затем он сказал: «Теперь я оставлю вас здесь, чтобы вы могли познакомиться друг с другом». Завтра я приду сюда после того, как ты закончишь завтракать, и отведу тебя познакомиться с американскими детьми, которых ты собираешься заменить.

Затем он постепенно исчез. Дети начали разговаривать друг с другом и продолжали беседовать до поздней ночи. Наконец, Риту сказала: «Я голодна и хочу спать». «Давайте поужинаем».

Остальные согласились с ней, и они принялись разогревать предварительно приготовленные блюда. Разговор продолжился во время их трапезы.

Винай сказал: «Я тоже очень голоден». Мы так много разговаривали, что я забыл, что был голоден.

Рохан сказал: «После этого долгого разговора я начал чувствовать, что мы знаем друг друга уже давно».

Викрам сказал: «Я чувствую то же самое». Я очень хочу встретиться с американцами, особенно с тем, кого я заменю. Я задам ему много вопросов.

Теджас сказал: «Именно это я и собирался сказать». Я беспокоюсь, что могу быть недостаточно хорош, чтобы заменить его.

Винай сказал: «Я уверен, что у остальных из нас тоже есть такие же сомнения». В любом случае, я доверяю Шимпанзе. Если он считает, что мы достаточно хороши, значит, он должен быть прав.

Риту сказала: «Он выглядит смешно, но говорит искренне и мудр». Я могу доверить ему свою жизнь. Уже поздно. Давай теперь спать.

Свет был выключен. Дети заснули после увлекательного дня. Вскоре единственным звуком в пещере был мирный храп.

Глава 11 - Индейцы встречают американцев

На следующее утро Рохан и остальные проснулись рано и быстро собрались, потому что им не терпелось встретиться с американцами. Тем временем Генри и его друзья с таким же нетерпением ждали встречи с индейцами. Вскоре прибыл шимпанзе и отвез индейцев на встречу с американцами. Он представил их друг другу, сказав: «Это Рохан, он заменит Генри и будет руководить индийцами, так что эти двое — партнеры». Викрам будет партнером Джона, Винай будет партнером Диего, а Теджас будет партнером Роберта. Нетрудно догадаться, кто будет партнером Мари.

Его шутка заставила детей громко смеяться, и это сломало лед между индейцами и американцами. Затем он продолжил: «Я хочу, чтобы все пожали руки своим партнерам и признали друг друга.

После того как эта формальность была завершена, он добавил: «Теперь я оставлю вас вместе на несколько часов, чтобы вы могли лучше узнать друг друга, а американцы могут рассказать индейцам о враге и своих приключениях». Я должен повести солдат на атаку противника на островах. Я вернусь через несколько часов, и тогда вы проведете духовный ритуал.

Затем он медленно исчез. Дети остались в недоумении, что это мог быть за ритуал. Затем они начали разговаривать друг с другом. Вскоре пещера наполнилась эхом их взволнованного разговора. Американцы рассказывали о своих приключениях, и индейцы часто перебивали, чтобы задать вопросы. Вскоре шум поднялся до уровня рыбного рынка, и никто ничего не мог понять.

Генри сказал: «Тсс», ---- очень громким голосом.

Пещера стала совершенно тихой. Затем он продолжил: «Давайте сядем парами с нашими партнерами и будем говорить тихо, чтобы не мешать другим».

Рохан сказал: «Ты прекрасно справился. Мы хотим узнать как можно больше. Мы не хотим подвести команду. Под командой я имею в виду всех нас десятерых.

В течение следующих нескольких часов они сидели парами и тихо разговаривали. Вскоре после двенадцати они пообедали и продолжили, как прежде, до возвращения шимпанзе. К тому времени индейцы многому научились у американцев. Они также стали близкими друзьями, почти как будто знали друг друга всю жизнь.

Шимпанзе выглядел довольно довольным и сказал: «Я вижу, что вы хорошо сдружились». У солдат тоже был хороший день. Они вывели из строя больше врагов, чем в прошлый раз. Это причинило много боли Нумеро Дуо, и он покатился по земле. Я покажу вам запись.

Дети сразу же увидели, как Нумеро Дуо катался по земле и кричал от боли. Они все громко засмеялись, особенно индейцы, которые увидели такое зрелище впервые.

Риту сказала: «Видя врага таким образом, я уменьшила свой страх и укрепила уверенность».

Шимпанзе сказал: «Это хорошо». Мы не должны слишком бояться нашего врага, но мы не должны его недооценивать. Теперь мы начнем священный ритуал.

Он расстелил длинный ковер на полу и сказал им сесть в два ряда, скрестив ноги, индейцы и американцы сидели в параллельных рядах, лицом к своим партнерам. Затем он сказал: «Скрестите руки и держите руки партнера — правую руку с правой рукой партнера, а левую с левой, как будто в двойном рукопожатии». Теперь закройте глаза, отключите свои мысли и продолжайте глубоко дышать, пока я не скажу вам остановиться. Это займет как минимум час, чтобы завершить ритуал. «Убедитесь, что строго следуете моим инструкциям, иначе это может занять больше времени.»

Дети сделали то, что он их попросил. Индийцы испытывали незначительный дискомфорт, сидя со скрещенными ногами так долго, но для американцев это было довольно неудобно. Более часа единственным звуком было глубокое дыхание. Они были как в трансе. Наконец, после того, что казалось им вечностью, шимпанзе попросил их остановиться. Они открыли глаза, отпустили руки друг друга, но остались сидеть, так как были слишком уставшими, чтобы встать. Казалось, что вся энергия была вытянута из их тел.

Рохан сказал: «Я чувствую себя измотанным, как будто проработал тяжелый день». У меня просто нет сил встать. Наши американские друзья, должно быть, более устали, потому что они не привыкли сидеть так.

Риту также сказала: «Это другой вид усталости. Я чувствую, будто прошел мили в долгом путешествии.

Другие также сказали что-то подобное. Шимпанзе ответил: «Это означает, что ритуал прошел успешно».

Мари спросила: «Какова была цель этой церемонии?»

Шимпанзе ответил: «Ты истощен из-за этого ритуала и будешь спать крепко. Американцы будут спать без сновидений, в то время как индийцы будут много мечтать. Завтра вы получите пользу от сегодняшнего ритуала.

Шимпанзе отвел индийских детей обратно в их пещеру, затем отправился навестить семью Диас и сообщил им, что нашел пятерых индийских детей, чтобы заменить американцев. Франсиско почувствовал себя счастливым и облегчённым и сказал: «Это исправит часть вреда, который я причинил». Мы все надеемся, что эти дети помогут выиграть войну и быстро прогнать пришельцев с Земли.

Шимпанзе спросили их, удобно ли им и нужно ли что-нибудь. Когда они сказали, что все в порядке, он начал задавать вопросы.

Он сказал миссис Диас: «Вы и ваши дети были под контролем Демона Ягуара, а затем были переведены в Нумеро».

Cuatro и переместился на завод в Венесуэле. Тем не менее, все трое из вас могли думать и действовать независимо, как будто вы не были под его контролем. Это очень удивительно. Вы посоветовали своему мужу действовать против них, чтобы освободить детей. Как ты мог это сделать? Человек, находящийся под их контролем, не может их предать.

Миссис Диас ответила: «Когда я была ребенком, добрый дух жил рядом с домом моих родителей. Мы никогда не видели его, но могли почувствовать его присутствие. Мои родители говорили, что это наш дух-хранитель. Вы можете не поверить, но всякий раз, когда у меня возникала проблема, я просил его совета. Раньше оно давало мне телепатические советы. Позже рядом с нашим домом в Венесуэле появился еще один добрый дух. Я и мои дети много раз обращались за его советом, и оно отвечало. Я думаю, что эти два духа дали нам защиту, которая уберегла нас от их контроля.

Шимпанзе ответил: «Конечно, я тебе верю!» Я также являюсь духом, хотя вы видите меня как физическое существо. Это виртуальное тело, которое я получаю, когда нахожусь на планете Земля. На земле существует много добрых и злых духов. Теперь расскажи мне о вражеских фабриках и их местонахождении.

Старший сын ответил: «У них три завода. Я думаю, все находятся в Венесуэле. Ранее у них был один в Перу, но он был закрыт. Они изготавливают множество типов лучевых пушек, антенн, устройств для передачи волн чтения и контроля разума, а также устройств для чтения мыслей. Они также производят некоторые радары, управляемые радарами, и приборы ночного видения, а также телескопические прицелы. Все заводы находятся в нескольких километрах к северу от Сан-Фернандо. Остальные также находятся на несколько миль севернее. На нашей фабрике есть сторожевые башни с радарами и пушками, которые могут сбивать самолеты. У охранников есть лучевые пистолеты с линзами ночного видения. Иногда дикие животные подходят слишком близко к нашему заводу ночью, и охранники стреляют в них.

Младший сын добавил: «Кроме доброго духа, возле нашей фабрики есть также один злой дух».

Франсиско тоже заговорил: «Это мне напоминает. В Призрачной Лощине был добрый дух, который помогал детям, и также злой дух, который помогал нам. Я уже рассказывал тебе остальное раньше. Если у вас возникнут дополнительные вопросы, мы будем рады на них ответить.

Шимпанзе сказал: «Мне было интересно, как ты смог запомнить все, что происходило, пока ты находился под контролем Нумеро Уно, в то время как все остальные ничего не могут вспомнить».

Франсиско ответил: «Я очень отличаюсь от большинства других людей. Я чувствовал это с тех пор, как был маленьким ребенком. Это может быть причиной. Также возможно, что те же духи, которые защищали мою семью, защищали и меня. Я действительно не знаю, какая из них является правильной причиной.

Шимпанзе сказал: «Я благодарю всех вас за то, что вы рассказали. Мы снова проконсультируемся с вами. Мы захватили много лучевых пушек в Северной Америке, но ни одна из них не имела прицелов ночного видения. У нас нет тяжелых лучевых пушек для стрельбы по самолетам. Может быть, нам стоит попытаться захватить некоторых. Ваш завод производит такие пистолеты?

Старший сын ответил: «Это делает ночные прицелы и другие предметы. Демон Ягуар приходит каждую неделю и благословляет их перед использованием. Без его благословения ни одно из устройств не может функционировать. После его благословений все хранится на складе возле главного входа и время от времени отправляется на грузовиках. Это то самое место, откуда вам следует украсть оборудование.

После этого шимпанзе попрощались и постепенно исчезли. Позже ночью американцы и индейцы погрузились в глубокий сон в своих пещерах. Американцы спали так, словно с них сняли тяжелую ношу. Индейцы много мечтали во сне, как предсказал шимпанзе. На следующее утро обе группы проснулись, чувствуя себя отдохнувшими.

Викрам сказал: «У меня было много снов, и все они были связаны с тем, что рассказал мне Джон. Я видел все, что он пережил. Я даже почувствовал боль, страх и волнение, которые он испытал.

Другие дети также имели мечты, связанные с тем, что им рассказали их американские партнеры.

«Какое совпадение, что каждый из нас мечтал о том, что нам рассказывали наши партнеры», — сказала Риту. «Удивительно, но мои сны были очень ясными, как будто я находился там.»

Рохан сказал: «Все пять снов не могут быть похожи случайно». Это результат священного ритуала вчерашнего дня. Это метод шимпанзе, который заставляет нас видеть и переживать все события так же, как их видели наши партнеры.

Остальные согласились с ним. В этот момент Шимпанзе появился в пещере своим обычным образом и сказал: «Я подслушал ваш разговор о ваших снах. Это означает, что вчерашний священный ритуал превзошел мои ожидания. Вы думаете, что видели то, что видели они. На самом деле произошло гораздо больше. Их знания и опыт были переданы вам. Это как будто вы также приобрели их знания и прошли через те же самые переживания, которые испытали они. За одну ночь вы узнали и испытали то, на что у них ушли многие месяцы. «Вы, должно быть, чувствуете себя более зрелым и уверенным».

Дети все согласились с ним. Риту даже сказала: «Ты заставил меня почувствовать себя закалённым в боях ветераном». Вы настоящий волшебник.

Шимпанзе сиял от удовольствия. Похвала всегда делала его счастливым. Затем он сказал нечто, что удивило детей еще больше: "Теперь я дам вам силу невидимости."

Рохан сказал: «Не могу поверить в то, что я услышал!» За один день мы приобрели так много. Вы действительно супермаг.

Мари заговорила: «Это замечательно, но почему вы не дали эту силу нам?»

Шимпанзе ответил: «Ты помнишь, я говорил тебе заниматься йогой, и тогда тебя ждет сюрприз». Это должен был быть подарок для тебя.

Генри спросил его: «Что ты имеешь в виду?» Какова связь между йогой и невидимостью?

Шимпанзе сказал: «К тому времени, как ты победил врага в битве при Призрачной Лощине, ты уже набрался большого опыта. Этот опыт, плюс очень хорошее знание и умение в йоге, сделали бы вас способным к невидимости. К сожалению, вас похитили, прежде чем вы смогли овладеть йогой. Я виню себя за то, что не попросил тебя заняться йогой раньше.

Рохан ответил: «Я понимаю, что вы выбрали нас, потому что мы были искусны в техниках йогического контроля разума и передали нам свои знания и опыт. Это сделало нас подходящими для невидимости, и поэтому мы получаем эту силу.

Шимпанзе сказал: «Это правильно, но есть некоторые ограничения. Вы можете оставаться невидимым в течение десяти или пятнадцати минут подряд и только два или три раза в день, в зависимости от того, насколько хорошо вы можете сосредоточиться на том, чтобы быть невидимым. Вы можете видеть друг друга. Радар может обнаружить и определить ваше местоположение. Демон Ягуар может почувствовать ваше присутствие, когда вы находитесь на расстоянии около тридцати футов от него, но не может точно определить ваше местоположение.

Затем он отвел индейцев познакомиться с семьей Диас и представил их друг другу. Он попросил семью Диас рассказать детям о враге. Он пошел на встречу с президентом США и генералом, сказав, что скоро вернется. Он очень хотел рассказать им о своем успехе в передаче знаний и опыта Генри и его друзей индейцам. Президент США и генерал были поражены, узнав об этом развитии событий.

Президент США сказал: «Это лучшие новости, которые вы могли нам сообщить».

Генерал также энергично кивнул головой и сказал: «Теперь мы изменим наши планы, чтобы учесть роль, которую эти дети будут играть. Почему вы не сказали нам раньше, что найдете замену для детей и обучите их с помощью магии.

Шимпанзе сказал: «Как вы знаете, часто правила природы не позволяют мне раскрывать свои планы. Во-вторых, я не был уверен, смогу ли я заменить детей и передать опыт. Теперь у меня для тебя еще больший сюрприз. Еще одно важное преимущество заключается в том, что теперь я могу дать им возможность становиться невидимыми.

Эта информация ошеломила президента и генерала, которые ахнули и заморгали от недоверия.

«Это поразительно!» — сказал генерал. «Я не могу поверить в то, что я услышал. Можете повторить, что вы сказали?

Шимпанзе ответил: «Вы правильно меня поняли, но у невидимости есть некоторые ограничения».

Затем он рассказал им об ограничениях.

«Даже с этими ограничениями невидимость является большим преимуществом». Теперь наша победа обеспечена. «Если мы составим правильные планы и хорошо их выполним, быстрая победа обеспечена», — сказал Президент.

«Мы должны иметь как можно больше информации о враге, чтобы составить правильные планы», — сказал генерал. «Вам будет приятно узнать, что наши исследования в области оружия и тактики достигли некоторого прогресса».

Президент продолжил: «Это гениальный ход — дать этим детям силу невидимости». Почему ты не дал Генри и его друзьям эти способности?

Шимпанзе дал им объяснение о том, что законы природы не позволяют этого.

Президент США сказал: «Эти законы природы сложны и не позволяют вам эффективно использовать свои магические способности».

Шимпанзе ответил: «К сожалению, в ваших словах есть доля правды, но это то, с чем я ничего не могу поделать». Вы также подчиняетесь физическим законам вашего мира. Вы не можете летать в воздухе самостоятельно. Со временем вы становитесь старыми и слабыми и уходите из жизни. Законы природы позволяют мне летать и перемещаться со скоростью мысли. У меня есть магические способности, и я бессмертен. Следовательно, я не имею права жаловаться на законы природы.

Президент и генерал поняли его доводы и кивнули в знак согласия. Шимпанзе продолжил: "Теперь я должен идти. Завтра я приведу сюда Франциско и его семью, чтобы они рассказали вам все, что знают о враге. На следующий день я приведу Рохана и его друзей, и вы все сможете составить окончательные планы действий против врага.

После этого шимпанзе постепенно исчез.

Глава 12 - Тайная встреча врага

Поражение в Северной Америке значительно нарушило планы Демона Ягуара. Это заставило его изменить свою стратегию. Он рассчитывал получить контроль над Северной Америкой, её огромным населением и вооружением. Он хотел увеличить количество своих поклонников, чтобы собирать больше ментальной энергии. Более того, он был уверен, что захваченные лучевые пушки будут переданы другим странам и использованы против его людей. Завоевание Африки и Европы заняло бы много времени. Итак, он попросил Нумеро Дуо сосредоточиться на завоевании островов Занзибар, Шри-Ланка, Маврикий, Папуа-Новая Гвинея, Австралия, Новая Зеландия и Индонезия. Точно так же Нумеро Трес было поручено захватить Тайвань, а также острова Японии и Филиппин. Он считал, что маленькие острова можно быстро завоевать и легко защитить. Австралия была большой, но её можно было легко завоевать из-за небольшого населения.

К сожалению, удача не благоволила ему. Американцы совершали атаки на крупные батареи лучевых пушек на северном побережье Южной Америки. Некоторые из его кораблей, перевозивших грузы в Африку, Европу и другие места, были потоплены небольшими американскими подводными лодками. Он был раздражен и несколько обеспокоен. Он не придавал большого значения захвату пятерых друзей, потому что не был убежден, что они сражались против солдат Нумеро Уно в Призрачной лощине. Когда Франциско и его семья исчезли без следа, он был расстроен, потому что они могли раскрыть его секреты врагу. Более важно, он понял, что Шимпанзе и его последователи знали много о его деятельности, в то время как он и его помощники знали очень мало о планах врага. Он решил созвать своих помощников на секретное совещание, которое должно было состояться рядом с его штаб-квартирой в Аргентине в пещере, защищенной электронным барьером, чтобы Шимпанзе не мог узнать ничего о том, что обсуждалось.

В начале встречи Демон Ягуар сказал: «Вы, должно быть, догадались, почему я созвал эту встречу в полной тайне. Я убежден, что негодяй-обезьяна проникла в нашу сеть связи и шпионит за нами. Он знает так много о наших планах, а мы ничего не знаем о его планах.

Нумеро Куатро возразил: «Но, босс, я меняю наш пароль для связи каждый день. «Наша сеть защищена».

Нумеро Дуо возразил: «Возможно, коммуникации в Южной Америке защищены, но те, что за её пределами, нет. Я вполне уверен, что те, кто находится в Африке, а также между Африкой и другими местами, не в безопасности. Враг знает о людях, которых я выбрал в качестве лидеров. Долгое время они выбивали моих лидеров. Это замедлило мой прогресс. В противном случае я, возможно, уже завоевал бы Африку. Теперь они начали стрелять в людей, которых я выбрал в качестве лидеров в Занзибаре, Шри-Ланке и на других островах. Это причиняет мне много боли, и к тому времени, как я восстанавливаюсь и добираюсь до места, их там уже нет. Они летают в воздухе, похожие на орлов, ныряют вниз, стреляют в нескольких человек и улетают прочь. Я приказал своим людям стрелять в подозрительно выглядящих орлов, но они подстрелили несколько настоящих орлов.

Департамент охраны дикой природы в Кении даже арестовал нескольких моих людей. К счастью, они спрятали лучевые пистолеты, и власти не заподозрили, что это были мои люди. Хуже всего то, что американцы отправили некоторые из наших захваченных лучевых пушек в некоторые страны. Они начали использовать их, чтобы выявлять и собирать наших людей. Они регулярно проверяют людей, чтобы обнаружить ауры. Я приказал своим людям держаться подальше от контрольно-пропускных пунктов. Теперь они не могут свободно передвигаться в поисках людей, чьи умы можно легко захватить. Это усложняет задачу по установлению контроля над большим количеством людей. После этого Нумеро Трес высказал аналогичные жалобы.

Затем Нумеро Куатро начал говорить о своих проблемах: «Американцы атакуют прибрежные районы Венесуэлы и наши корабли. Они прибывают на подводных лодках и высаживаются до рассвета на отдаленных пляжах, а затем тайно передвигаются, чтобы атаковать наши артиллерийские батареи в течение дня. Они вывели из строя некоторых из моих людей. Они также атаковали некоторые из наших кораблей, которые перевозили материалы в Европу, Африку и на Дальний Восток. Два моих корабля были потоплены, и когда экипажи сели в спасательные шлюпки, их расстреляли из захваченных у нас лучевых пистолетов. Три корабля были повреждены, и мне пришлось отправить замену. С тех пор я установил на корабли сонар для обнаружения вражеских подводных лодок, чтобы наши люди могли обезвредить их с помощью мощных лучевых пушек и глубинных бомб, как только они всплывут для запуска торпед!

Нумеро Уно заговорил: «Жаль, что эти дети сбежали. Тогда мы могли бы узнать, как они узнают наши секреты. Мы могли бы также узнать об их планах.

Теперь Куатро заговорил: «Босс, если бы вы позволили мне допросить этих детей, я бы выведал все их секреты за несколько минут».

Разочарование и гнев Демона Ягуара нарастали поэтапно. Первым шагом было то, когда Нумеро Дуо заговорил о своих проблемах. Он удвоился, услышав проблемы Треса, и удвоился снова, когда заговорил Уно. Это переполнило чашу, когда Куатро заговорил: «Как бы я хотел поймать этого дьявольского обезьяна». Я бы задушил его или, что еще лучше, высосал бы его мозги и попросил таксидермиста сделать чучело шимпанзе из его тела.

Нумеро Уно возразил: "Но, Босс, это невозможно, он бессмертен." Демон Ягуар взорвался, как вулкан. Если бы они не находились внутри электронной клетки, его голос был бы слышен на многие мили вокруг. Он громыхнул: «Уно, ты идиот! Не смей говорить мне, что возможно, а что невозможно. Я знаю гораздо лучше, чем ты. В следующий раз, если ты меня разозлишь, я оставлю тебя на этой планете, когда мы уйдем. Скоро ты потеряешь все свои силы, и эти люди захватят тебя. Они, вероятно, поместят вас в стеклянный ящик и выставят в музее. Это было бы лучшим наказанием за то, что позволили им победить нас в Америке и захватить так много наших лучевых пушек.

Нумеро Уно поклонился перед ним и сказал: «Простите меня, босс. Я ваш верный слуга. Я не хотел вас раздражать. Я хорошо справлялся в Северной Америке, но внезапно наша удача изменилась. Никто не мог предсказать, что произошло в Призрачной Лощине.

Демон Ягуар успокоился извинениями Уно и сказал: «Мы должны что-то сделать с лучевыми пушками, которые попали в руки врага». Во-вторых, мы должны получить больше информации о действиях противника. В-третьих, мы должны попытаться ввести врага в заблуждение, отправляя ложные сообщения по нашим сетям. Настоящие сообщения следует передавать устно.

Нумеро Уно ответил: «Мы сделаем точно так, как вы сказали. Я помогу Куатро в подготовке поддельных сообщений. «Мы отправим врага на поиски диких гусей».

«Хорошо», — сказал Демон Ягуар, — «Вы с Куатро должны пролететь над Северной Америкой и попытаться найти захваченные лучевые пушки».

Нумеро Трес заговорил: «Босс, в настоящее время у нас меньше интересов в Северной Америке. Наша проблема в том, что они используют лучевые пушки для обнаружения и нейтрализации наших людей в Африке, Европе и других странах.

Демон Ягуар ответил: «Да, это хорошая мысль, но оружие в Америке также должно быть уничтожено, потому что враг отправит больше оружия в другие районы». Вы и Дуо должны попытаться уничтожить или захватить вражеские лучевые пушки в ваших районах. Уно и Куатро должны сделать то же самое в Северной Америке. Сначала проведите разведку, чтобы выяснить, где они хранят лучевые пистолеты. Затем совершите налеты на все эти места в одну ночь и изымите или уничтожьте все лучевые пистолеты, которые сможете. Таким образом, вы застигнете их врасплох. Чем больше оружия вы изымаете или уничтожаете, тем легче будет победить врага.

Его помощники кивнули в знак согласия. Он продолжил: "Дуо, возможно ли для тебя захватить несколько стран в Африке или некоторые острова?"

Дуо ответил: «У меня недостаточно людей в каком-либо месте. Если я перемещу всех своих людей в Восточную Африку, я смогу захватить Кению, Уганду и Танзанию. Конечно, переместить людей будет непросто. Это придется сделать втайне. Если мы уничтожим вражеские лучевые пушки, это будет легче. Мне понадобится помощь Треса.

Демон Ягуар сказал: «Теперь, Дуо, ты должен захватить эти территории как можно быстрее». Как только мы захватим несколько стран, мы сможем вторгаться в соседние страны одну за другой и быстро их захватывать. Тогда я смогу начать извлечение энергии из африканских стран. В настоящее время мы тратим больше умственной энергии, чем я извлекаю из умов моих последователей в Южной Америке. Если наши запасы станут слишком низкими, нам придется покинуть эту планету. Мы не можем рисковать остаться на этой планете навсегда.

Нумеро Трес сказал: "Босс, мы не можем позволить этому случиться. Я думаю, ваши инструкции ясны. Мы все постараемся сделать то, что вы хотите.

Уно также добавил: "Вы дали нам лучшее руководство." Теперь мы изменим ход событий в нашу пользу.

Демон Ягуар сказал: «Очень хорошо. Теперь собрание окончено, и вы должны вернуться на свои места.

Даже во время встречи Шимпанзе организовал рейд на Шри-Ланку, неся на своей спине троих солдат. Они застрелили довольно много вражеских солдат под контролем Нумеро Дуо. Он оставался в блаженном неведении, так как не чувствовал уколов из-за электронного барьера. Шимпанзе также не был осведомлен о встрече и плане действий, принятом Демоном Ягуаром.

Глава 13 - Индейцы приступают к действиям

Пятеро индийских друзей приобрели много знаний и множество магических сил за очень короткое время. Они пытались смириться с этим. Они пытались практиковаться в стрельбе, становиться невидимыми и летать внутри пещеры, когда у них было свободное время. Шайтана огорчало наблюдать, как кто-то исчезает или летает вокруг. Он отреагировал резко. Его шерсть вставала дыбом, усы становились жесткими, хвост начинал дергаться, и он выгибал спину и издавал громкие шипящие звуки. Он выглядел довольно угрожающе. Когда дети не занимались своими выходками, он был довольно дружелюбен со всеми пятью. Он вел себя почти как собака и обожал, когда ему чесали голову. Когда шимпанзе увел детей, он почувствовал себя одиноким и проводил время, исследуя каждый уголок пещеры. Когда ему это надоедало, он начинал царапать мебель своими очень острыми когтями.

Риту заметила: «Очень скоро Шимпанзе придется купить для нас новую мебель».

Шимпанзе водил детей на стрельбу и практику полетов, а также на встречу с президентом, генералом, Франциско и его семьей, Генри и его друзьями. Он также обучил еще несколько американских солдат и повел их на атаки против врага. Становилось трудно найти много вражеских солдат, потому что они в основном оставались в укрытии в дневное время. Многие из врагов перебрались в леса, где они устроили временные укрытия. Шимпанзе отвел Рохана и его друзей на острова Катандуанес, Бусилан и Себу в группе Филиппин, чтобы охотиться и стрелять в солдат противника. Дети были невидимы и проводили много времени, пытаясь охотиться на врага, но заметили лишь нескольких, которых освободили с помощью своих лучевых пистолетов. Противник сталкивался с трудностями, потому что у них не было большой свободы передвижения в дневное время.

Рохан и его друзья расшифровали секретные сообщения врага из их сетей. Это заставило их думать, что враг теперь находится в обороне и не имеет планов совершать крупные атаки или захватывать какие-либо страны. Шимпанзе организовал встречу всех детей, Франциско и его семьи с президентом США и генералом. Он принял меры предосторожности, перевозя их в электронной клетке, чтобы избежать обнаружения врагом.

На их самой первой встрече Рохан и его друзья были в восторге от президента США и генерала. Эти двое поняли ситуацию и заставили детей чувствовать себя расслабленно благодаря своему дружелюбному и неформальному поведению. Все выступили на собрании, высказали свои предложения или задали вопросы. Франсиско и его семья предоставили дополнительную информацию о враге в Южной Америке. Миссис Диас рассказала о легенде о гигантских призрачных черных кошках и о том, как охранники фабрики их боялись. Рохан и его друг в основном слушали и говорили только для того, чтобы задать вопросы. Шимпанзе выступал в роли модератора и в основном говорил, чтобы исправить людей, когда кто-то говорил что-то неправильно, и чтобы добавить информацию к тому, что кто-то сказал. Теперь у всех было лучшее понимание ситуации. На этом этапе Шимпанзе отвел Генри и его друзей, а также Франциско и его семью обратно в их пещеры.

Через некоторое время президент США сказал: «Противник находится в обороне, и у нас есть преимущество». Каждый день мы отправляем больше лучевых пушек в большее количество стран, и наши солдаты отправляются туда, чтобы обучать их людей, как обнаруживать и освобождать врага. Они устанавливают контрольные пункты, используя телескопический прицел. Это затрудняет передвижение вражеских солдат незамеченными в дневное время. Скоро будет охвачено все больше и больше стран.

Генерал сказал: «Наши ученые создали несколько экспериментальных дронов, которые могут управляться нашими людьми дистанционно». Мужчины также могут дистанционно наводить орудия и стрелять по врагу. Эти устройства тестируются нашими людьми для полета зигзагом, чтобы уклоняться от вражеской стрельбы и при этом стрелять по врагу. Электронная система управления и визуальная система довольно сложны и трудны в производстве. Мы надеемся, что вскоре у нас будет готово дюжина дронов. Мы также произвели большое количество дронов, которые могут нести канистры со слезоточивым и нервно-паралитическим газом, а также звуковые бомбы. Эти дроны будут доставляться высокоскоростными ракетами и выпускаться вблизи противника. Ими будут управлять дистанционно, и они смогут точно сбрасывать бомбы и канистры. Все эти дроны имеют небольшой радиус действия, поэтому их трудно вернуть. По сути, они предназначены для одноразового использования.

Президент США спросил: «А как насчет курток, защищающих от лучевого оружия?»

Генерал ответил: «Эти еще сложнее производить, потому что материал очень трудно изготовить». На данный момент наши ученые создали четыре, и они были протестированы и оказались на сто процентов эффективными против малых лучевых пистолетов.

Президент снова заговорил: «Я не думаю, что мы готовы победить врага одним решительным действием в Южной Америке. «Что вы, ребята, думаете?»

Рохан ответил: «Моим друзьям и мне сначала нужно посетить Южную Америку и шпионить за фабриками и местами поклонения Демону Ягуару». Важно знать их точные местоположения и планировки. Мы будем невидимыми, так что можем сделать это днем. Эта информация поможет нам завершить наши планы по поражению врага. Если мы уничтожим их заводы, нейтрализуем их рабочих и атакуем их центры сбора ментальной энергии. Тогда они не смогут атаковать или захватывать новые страны.

«Вы сказали именно то, о чем я думал», — сказал генерал. «Мы должны скрыть наши истинные намерения от них, атакуя врага на островах в Азии, чтобы они не были уверены, где мы нанесем следующий удар». Надеемся, что когда у нас будет больше информации о Южной Америке, а также больше дронов, ракет и защитных костюмов, мы сможем нанести решительные удары в Южной Америке. Это должно заставить Демона Ягуара и его банду бежать с земли!

Президент США ответил: «Вы правы». С каждым днем наша сила будет расти, а враг станет слабее, потому что их люди не смогут свободно передвигаться. Теперь я хочу, чтобы каждый ребенок высказал свое предложение. Говорите все, что приходит в голову.

Рохан сказал: «Риту, ты первая, затем Теджас, Викрам и Винай, а потом я подведу итог».

Риту сказала: «Пока мы шпионим в Южной Америке, кто-то должен отвлечь внимание Демона Ягуара и его четырех помощников».

Теджас сказал: «Она права». Трое из нас должны заниматься шпионской работой, в то время как двое должны стрелять по людям Демона Ягуара и людям Нумеро Куатро, чтобы отвлечь их.

Теперь Викрам заговорил: «Люди генерала должны атаковать в Африке и Европе, чтобы занять Нумеро Дуо и Треса. Они, вероятно, найдут больше целей в этих местах, чем на островах.

Теперь настала очередь Рохана подвести итог сказанному, но прежде чем он успел заговорить, вмешалась Обезьяна: «Демон Ягуар очень силен. Стрельба в его последователей заставит его почувствовать боль, но не обездвижит его. Ему потребуется всего две минуты, чтобы найти место и добраться туда. Если вы попытаетесь обездвижить Нумеро Куатро, стреляя в его людей, это может быть бесполезно, если рядом с ним находится Нумеро Уно. Он потратит несколько минут, чтобы определить ваше местоположение и добраться туда в мгновение ока.

Рохан спросил: «Вы хотите сказать, что мы должны полагаться только на секретность и нашу невидимость для шпионажа в Южной Америке?»

«Именно это я и предлагаю», — сказал шимпанзе. "Будьте осторожны, чтобы оставаться невидимыми, пока кто-либо находится в поле зрения. Также будьте осторожны, чтобы не попасть в поле их зрения. Я возьму две группы солдат для атаки в Африке и Европе. Я также отвезу вас в Южную Америку и буду перевозить вас с места на место по мере необходимости. Я буду совершать много поездок между Африкой, Европой и Южной Америкой.

Рохан сказал: «Винай и я поедем в Буэнос-Айрес, чтобы найти места поклонения, где есть живые образы». Мы можем быть невидимыми каждый раз на десять-пятнадцать минут, так что вы можете высаживать и забирать нас, чтобы охватить шесть разных мест. Я предлагаю, чтобы Риту, Викрам и Теджас посетили заводы вместе: сначала один завод на десять минут, затем следующий, а потом последний.

Президент США сказал: «Я одобряю план». Когда мы начнем?

Рохан ответил: «Сегодня же».

Шимпанзе возразил: «Не сегодня». Я хочу провести короткую церемонию для американцев и индийцев в пещере. Это укрепит навыки и знания, которые индейцы получили от американцев. «Мы начнем операции рано завтра утром».

Затем он отвел Рохана и его друзей в пещеру американцев для церемонии, которая была похожа на предыдущую, но короче. В ту ночь Рохан и его друзья крепко спали с уверенной мыслью о том, что их навыки были укреплены.

На следующее утро шимпанзе отвезло трех американских солдат в Нигерию. Мужчины летали бы вокруг с лучевыми пистолетами, похожие на орлов. Их задача заключалась в том, чтобы стрелять в любых замеченных вражеских солдат, а затем улетать прежде, чем Трес сможет добраться до этого места. Затем он высадил еще троих солдат в Париже, чтобы они стреляли по врагу, после чего отвез Рохана и Винай в два разных места в Буэнос-Айресе, чтобы разведать места поклонения с живыми изображениями Демона Ягуара. Затем он высадил Риту, Теджаса и Викрама на фабрике в Венесуэле. К этому времени ему было пора посетить Нигерию и перебросить солдат в Конго. Затем он отправился в Париж и перевел солдат в Брюссель, а затем в Южную Америку, чтобы перевезти детей в новые места. Он был занят все время, перевозя детей и солдат с места на место.

Тем временем генерал отправил некоторых своих солдат на северное побережье Южной Америки на подводной лодке, в несколько изолированных мест рядом с вражескими береговыми артиллерийскими батареями. Их задачей было подкрасться к батареям, выбить противника, уничтожить их орудия и скрыться до того, как Нумеро Куатро и Нумеро Уно смогут отреагировать. Другие подводные лодки были отправлены патрулировать вблизи вражеских портов, чтобы торпедировать любые вражеские корабли, которые осмеливались выйти.

Рохан и Винай заметили, что многие живые изображения Демона Ягуара находились в церквях, в то время как некоторые также были в общественных местах, таких как рыночные площади и парки, где люди могли собираться для молитвы, и живые изображения извлекали их ментальную энергию. Они отметили местоположения и также сделали фотографии изображений. Те, что находились на рынках и в парках, были покрыты хорошо украшенными куполами, поддерживаемыми колоннами, чтобы защитить их от дождя. Они потратили десять-двенадцать минут на съемку, фотографии и перелет от одного изображения к другому. Когда они больше не могли оставаться невидимыми, они поднялись на крыши некоторых небоскребов, чтобы спрятаться, пока не пришел Шимпанзе и не переместил их в новые места.

Тем временем подводные лодки возле одного из вражеских портов заметили корабль, направляющийся в открытое море. Они следовали за ним, не вызывая никаких подозрений, и выпустили несколько торпед, которые попали в корабль, и он начал тонуть. Выполнив задачу, подводные лодки быстро уходят, прежде чем самолеты смогут добраться до места и сбросить глубинные бомбы. Это был удовлетворительный день для моряков.

Группы солдат, отправленные для атаки на четыре артиллерийские батареи, высадились в четырех разных местах. В каждой группе был один человек с курткой, которая защищала его от лучевых пистолетов. Они продвигались вглубь страны к артиллерийским батареям, с охраняемым лицом впереди. Четыре группы провели скоординированные атаки и одновременно нейтрализовали артиллерийские батареи, а затем скрылись до того, как противник смог отреагировать.

Шимпанзе отправился на первую фабрику, чтобы забрать Риту, Теджаса и Виная, и отвез их на вторую фабрику. Он нашел их, отдыхающих в тени деревьев недалеко от фабрики. Им нужно было некоторое время, прежде чем они могли снова стать невидимыми.

Шимпанзе спросил: «Как у тебя дела?»

Риту ответила: «Очень хорошо. Мы сделали очень хорошие фотографии их завода и колонии. Это будет очень полезно, когда мы нападем здесь.

Теджас сказал: «Сначала я беспокоился, что их радар может нас обнаружить, но мы маневрировали в слепых зонах радара и все же смогли узнать о их производственных мастерских и складских помещениях».

Шимпанзе сказал: «Молодец! Теперь я отведу вас на следующий завод. Тогда я пойду, чтобы отвезти солдат на их новые места.

В тот день всё шло довольно хорошо. Солдаты в Африке и Европе были удовлетворены тем, что нейтрализовали некоторых вражеских солдат. Мужчины, атакующие береговые батареи, подводники, а также Рохан и Винай были вполне довольны достигнутым. Даже Риту, Теджас и Винай завершили шпионскую работу на третьей фабрике и летели к лесу, чтобы укрыться и стать видимыми, когда услышали звук летящего вертолета. Прежде чем они успели среагировать, радар вертолета обнаружил их след, потому что они летели близко друг к другу. Если бы они были далеко друг от друга, то это упустило бы их следы.

Вертолетная пушка автоматически нацелилась на след, и стрелок нажал на спусковой крючок для длинной очереди из тяжелого орудия.

Одна пуля попала в Теджаса. Это было намного мощнее, чем выстрел из обычного лучевого пистолета. Его мощный иммунитет спас его от смерти, но он потерял сознание. Его пистолет выпал из руки, и он стал видимым и упал, как камень. К счастью, он упал на мягкие ветви дерева и продолжал скользить по ним, пока не приземлился на куст, который еще больше смягчил его падение. Потребовалась минута, чтобы он пришел в сознание, но все его тело словно горело. Он хотел установить телепатический контакт с шимпанзе, но не смог этого сделать.

Риту и Викрам предприняли уклончивые действия, так как вертолет обстреливал их. Они устремились к земле, чтобы избежать обнаружения и помочь Теджасу. Им удалось приземлиться как раз перед тем, как они стали видимыми, и они обнаружили Техаса, лежащего на земле и стонущего от боли. Тем временем пилот заметил, как Теджас падает, и предупредил охранников завода, которые вышли с охранными собаками, чтобы искать возможных нарушителей. Стрелок вертолета продолжал стрелять в том направлении, где он видел, как падал Теджас. К этому времени собаки громко лаяли и бросались к детям. Риту и Викрам увидели опасность. В мгновение ока они схватили Теджаса за руки, взлетели с ним и уселись на ветвях дерева. Викрам держался за Теджаса, пока Риту начала стрелять в собак и вывела из строя двоих из них. Это заставило остальных обернуться и броситься назад, громко скуля, с поджатыми хвостами. Охранники также остановились, легли на землю и начали стрелять в сторону деревьев. К счастью, выстрелы охранников и вертолета не попали в детей.

Вскоре Теджас достаточно оправился, чтобы держаться за ветви деревьев. Викрам смог начать съемки. Он выпустил длинную очередь по вертолету. Это вывело из строя стрелка, и пилот быстро улетел в безопасное место. Теперь Риту связалась с Шимпанзе и попросила немедленно спасти.

Последний знал, что они находятся рядом с третьей фабрикой, и поэтому быстро определил их местоположение. Он добрался туда в мгновение ока, достал лучевое оружие Теджаса, застрявшее в ветвях деревьев, схватил троих детей и быстро отправился в секретное убежище президента США.

Теджаса немедленно доставили в военный госпиталь, где его осмотрели врачи, которые заявили, что он не находится в опасности и не имеет серьезных травм, за исключением того, что он был в шоке и испытывал боль. Ему нужны были лекарства и отдых. Врачи настаивали на том, чтобы оставить его в больнице на несколько дней на случай, если у него будут какие-либо последствия. Это был первый случай, когда у них был пациент, пораженный выстрелом из тяжелого лучевого оружия. Затем Шимпанзе отправился в Буэнос-Айрес, чтобы вернуть Рохана и Винай, после чего забрал солдат из Африки и Европы.

Президент, генерал и дети были очень расстроены и обеспокоены из-за Техаса. Шимпанзе заверил их, что он в безопасности, ему нужны обезболивающие и отдых, и что врачи хотят оставить его в больнице на несколько дней, чтобы понаблюдать за возможными последствиями.

Шимпанзе сказал: «Это была чистая неудача, что радар вертолета обнаружил детей, и случайный выстрел попал в него». Конечно, ситуация могла быть намного хуже. Другие тоже могли быть поражены; Теджас мог упасть прямо на землю. Это, безусловно, убило бы его. Ему действительно повезло избежать смерти и отделаться лишь несколькими незначительными царапинами.

Его слова заставили всех почувствовать себя намного лучше, и они немного расслабились. Президент США сказал: «Мне интересно узнать о сегодняшней работе». Давайте начнем с Генерала.

«Я более чем доволен сегодняшними результатами», — сказал генерал. «Наши солдаты вывели из строя четыре их тяжелые артиллерийские батареи, а наши подводные лодки торпедировали один из их кораблей, который начал тонуть». У меня еще нет отчетов от людей, которые поехали в Африку.

Шимпанзе ответил: «Они справились хорошо. Они нейтрализовали нескольких вражеских солдат в Нигерии, Конго, Либерии, Франции, Бельгии и Германии. Их атаки не нанесли слишком большого ущерба, но имели важное психологическое значение. Они причинили боль Нумеро Дуо и Нумеро Трес и изрядно их раздражали. Затем он показал несколько коротких видео, на которых эти двое реагировали каждый раз, когда чувствовали сильный укол, когда одного из их людей подстреливали. Дети громко смеялись, в то время как президент США и генерал с удовлетворением улыбались.

Генерал сказал: «Приятно видеть, как эти дьяволы страдают». Они заслуживают еще большего наказания за то, что делают с человеческой расой.

«Именно так я и думаю», — сказал президент США. «Хорошо для нашего морального духа видеть, как враг страдает.»

Шимпанзе сказал: «Куатро пострадал даже больше, чем эти двое, потому что потерял больше людей, когда его артиллерийские батареи были выведены из строя, его стрелок на вертолетс и некоторые охранники завода также были выведены из строя. К счастью, я увел Риту, Теджаса и Викрама, прежде чем он добрался до фабрики. «Это было очень умно со стороны Риту связаться со мной».

Генерал заговорил: «Я упускаю все действия, пока сижу в своем укрытии, как диванный генерал, отдающий приказы. Мистер Чимп настаивает, чтобы я оставался в укрытии и не подвергал себя даже малейшей опасности. Это противоречит моему стилю. Более того, моя совесть восстает при мысли о том, что эти дети рискуют своими жизнями, пока я в безопасности в своем укрытии. Однажды я ослушаюсь приказов и пойду в бой во главе своих людей.

Президент ответил: «Если вы это сделаете, я отдам вас под трибунал».

Он сказал это с мягкой улыбкой. Дети и шимпанзе громко смеялись, и даже генерал улыбнулся.

Президент США затем сказал: «Давайте решим, что делать дальше?»

Рохан ответил: «Сегодня вечером Винай и я составим подробные карты, показывающие расположение живых изображений Демона Ягуара». Завтра мы хотели бы посетить Рио-де-Жанейро, чтобы найти места, где находятся живые образы.

Риту сказала: «Сегодня вечером мы также составим подробные карты их фабрик и колоний».

Затем президент сказал: «Кажется, что, за исключением несчастного случая с Теджасом, мы справились довольно хорошо».

Риту уточнила: «Теперь враг подозревает, что мы шпионили на их заводах». Они разместят больше охранников и больше вертолетов для патрулирования территории. Будет сложнее совершить внезапное нападение или отправиться на разведывательную миссию в этом районе. К счастью, я не думаю, что они подозревают, что мы можем становиться невидимыми. Это наше самое большое секретное оружие. Завтра шимпанзе должен лететь со мной по всей Венесуэле, чтобы находить и сбивать их самолеты. Они представляют наибольшую угрозу для нас. Кроме того, я хочу отомстить им за то, что их вертолет сделал с Теджасом.

Генерал сказал: «Правильно. Чем больше вертолетов мы собьем, тем лучше. Это упростит вторжение в Южную Америку. Почему бы вам с Викрамом не прокатиться на спине мистера Чимпа и не полетать по всей Южной Америке, сбивая их вертолеты.

Всем понравилась эта идея, и раздался одобрительный ропот.

После этого генерал сказал: «Наши ученые тестируют дроны, которые будут летать над Венесуэлой, чтобы точно определить местоположение всех их артиллерийских батарей». Другие дроны сбросят канистры с слезоточивым газом, чтобы отогнать их людей от артиллерийских батарей, которые будут уничтожены ракетами. Таким образом, жизни вражеских солдат будут сохранены. Как только мы уничтожим их артиллерийские батареи, вертолеты и самолеты, наша задача станет легкой. Наши самолеты сбросят наших людей на парашютах рядом с их заводами. Эти люди будут использовать лучевые пистолеты, чтобы нейтрализовать охранников завода и их работников. Тем временем дети отключат живые изображения в Рио и Буэнос-Айрессе. После этого Демон Ягуар будет вынужден покинуть землю.

Президент США сказал: «Это то, что я хочу услышать». Полномасштабное вторжение в Южную Америку радует мое сердце. Это освободит всех бедных душ, страдающих из-за этих злых монстров. «Что вы скажете о наших планах, мистер Чимп?»

Шимпанзе ответил: «Я чувствую, что мы движемся в правильном направлении». Шансы на быструю победу улучшаются. Я согласен с тем, что предложили Рохан, Риту и генерал на завтра. Тем не менее, мы должны оставаться начеку на случай неожиданных действий со стороны врага. Демон Ягуар все еще имеет запасы энергии, большой арсенал оружия и контролирует многих людей. Теперь давайте все пойдем и встретим Теджаса.

Все с энтузиазмом согласились, и он создал вокруг них электронную клетку и доставил их в больницу. Врачи и персонал были удивлены, увидев президента и генерала. Теджас чувствовал себя лучше и был польщен тем, что президент США и генерал пришли навестить его. Его настроение улучшилось еще больше, когда ему рассказали о сегодняшних успехах и планах на следующий день.

Он сказал: «Я поправился, чувствую себя хорошо и хочу вернуться в пещеру сегодня вечером и принять участие в действии завтра, но эти врачи не отпускают». Пожалуйста, господин президент, скажите им, чтобы они меня отпустили.

Президент США сказал: «Извините, даже я должен подчиняться указаниям врачей, так что и вы должны делать то же самое».

Тем не менее, Теджас продолжал настаивать: «Это решающий этап войны. Нашей стороне нужно, чтобы каждый внес свой вклад. Я чувствую себя плохо, бездельничая в больнице.

Старший врач ответил: «Теджас, мы понимаем, что вы разочарованы. Ваш случай — первый, когда человек был ранен тяжелым лучевым оружием и выжил. В настоящее время вы, кажется, чувствуете себя лучше, но у вас могут внезапно появиться некоторые симптомы, и вы можете упасть в обморок. Если вы на задании, это будет опасно для вас, и также миссия может провалиться из-за вас. Мы проведем вам тщательное обследование через два дня, и если ваше состояние улучшится, мы вас выпишем.

Шимпанзе сказал: "Ты не будешь бездельничать здесь. Мы хотим, чтобы вы потратили свое время на размышления о том, как победить врага.

Все остальные также пытались убедить его остаться в больнице. Затем он настоял на том, что не останется один в больнице, а хочет, чтобы Шайтан остался с ним.

Президент США обратился к старшему врачу: «Конечно, нет никакого вреда, если их кот останется здесь с ним».

Старший врач сказал: «Хорошо, если он будет на поводке».

Затем Шимпанзе отвел президента и генерала в их безопасные места, оставил Рохана и друзей в их пещере и доставил Шайтана в больницу. Затем он навестил Генри и его друзей и рассказал им о событиях дня. Это был его самый загруженный день за последние несколько месяцев.

Глава 14 - Враг наносит ответный удар

В ту ночь Рохан и его друзья легли спать рано, чтобы быть свежими для действий на следующее утро. Они были вполне довольны результатом дня. Каждый рассказывал другим о своих подвигах. Они скучали по Теджасу и Шайтану, но были настолько уставшими, что заснули вскоре после того, как легли в свои кровати.

Генри и его друзья также были рады узнать о прогрессе, но беспокоились за Теджаса. Шимп рассказал им большую часть того, что произошло, и показал некоторые записи действий, в частности, потопление вражеского корабля, атаки на артиллерийские батареи и фотографии живых изображений Демона Ягуара. Он указал на уши, в которых были какие-то приемные устройства. Рохан определил их как получателей ментальной энергии от поклоняющихся.

Генри сказал: «Как умно со стороны Рохана обнаружить это». Теперь мы можем сделать живое изображение неэффективным, уничтожив эти устройства.

Мари ответила: «О, как бы мне хотелось, чтобы мы все могли принять участие в действии!» Я бы с удовольствием вытащил эти устройства из ушей, а еще лучше — расстрелял бы их длинными очередями из лучевых пушек!

Остальные согласились с ней, и Генри сказал: «У нас есть удовлетворение от того, что мы помогли Рохану и его друзьям настолько, насколько это возможно, предоставив им наши знания, опыт и навыки».

Тем временем президент США и генерал отправились спать в свои безопасные места. Вскоре после полуночи их разбудил звонок на телефонах горячей линии. Новости, которые они получили, были тревожными. Враг совершил серию атак на склады с лучевыми пушками по всей Америке. Они либо украли, либо повредили лучевые пистолеты. Президент США попросил своих помощников проинформировать Шимпа.

Вскоре после этого поступили сообщения о нападениях врага в некоторых странах Восточной Африки и на островах в Индонезии и на Филиппинах. Большинство этих атак совершались на их контрольно-пропускных пунктах. Президент США и генерал не спали всю ночь, получая свежие сообщения об атаках и отдавая приказы своим людям.

Шимпанзе посетил каждый склад в США, чтобы проверить, можно ли спасти некоторые из поврежденных лучевых пушек. К сожалению, они были повреждены до такой степени, что не подлежали восстановлению. К утру они знали, что во всех США осталось чуть более ста лучевых пистолетов. Это были оружия, которые находились в распоряжении солдат и ученых.

Это были шокирующие новости для президента и генерала. Президент США сказал: «Это означает, что мы никогда не начнем крупномасштабное вторжение в Южную Америку». Все надежды на быструю победу исчезли. Похоже, нам придется использовать наше обычное оружие, чтобы победить врага. Это будет означать гибель многих вражеских солдат. «Я ненавижу отнимать человеческие жизни».

Генерал ответил: «Я тоже, но будущее человеческой расы под угрозой. Я никогда не мог представить, что всего за одну ночь враг одержит верх.

Все согласились с ним, и даже Шимпанзе сказал: «Это лучший из возможных планов».

Риту сказала: «Потеря этих лучевых пистолетов в Америке на самом деле не такая уж большая потеря». Это означает, что мы не можем проводить атаки в крупном масштабе. У нас все еще достаточно лучевых пушек для нашего использования, а у американцев все еще более сотни для их солдат и дронов. Это все еще дает нам шанс на борьбу, и у нас есть преимущество невидимости.

Обсуждение продолжалось некоторое время. Через некоторое время шимпанзе сказал: «Теперь я отведу Рохана и его друзей познакомиться с Теджасом».

Затем он быстро отправился с ними в больницу, где Теджас и Шайтан были очень рады их видеть. Когда Теджасу рассказали о событиях прошлой ночи, он тоже был шокирован.

Он сказал: «Теперь я больше не могу спокойно отдыхать в этой больнице, пока враг продолжает нападать. Завтра я пойду с вами всеми в Южную Америку. Мне все равно, если врачи возражают. Я не буду их слушать.

Шимпанзе сказал: "Ты не бездельничал. Мы говорили вам использовать ваше время, чтобы подумать о том, как победить врага.

Теджас ответил: «Я думал о нескольких вещах, но после того, как услышал о том, что произошло прошлой ночью, мне придется отказаться от большинства планов, которые я составил».

Рохан сказал: «Мне любопытно узнать, что ты думал, что все еще можно использовать».

Теджас ответил: «Битва при Призрачной Лощине была выиграна, когда Шимпанзе отправил армию призрачных динозавров, чтобы напугать врага до полусмерти. Теперь мы не сможем обмануть их динозаврами во второй раз. Но существует древняя легенда о гигантских призрачных кошках, о которой многие люди в Южной Америке слышали. Если Шимпанзе отправит гигантские изображения Шайтана, чтобы атаковать врага, они должны напугать их до потери рассудка. Шайтан выглядит довольно страшно, когда нападает на кого-либо. В первый раз, когда он напал на нас, мы все были довольно напуганы.

«Это хорошее предложение», — сказал шимпанзе. "Я использую это, когда возникнет необходимость." Мы собираемся встретиться с президентом США и генералом. Я возьму Теджаса с собой при условии, что он не будет участвовать в вылетах сегодня. «Завтра, если врачи разрешат, он может поехать в Южную Америку вместе со всеми».

Затем он быстро отправился с пятью детьми и Шайтаном на встречу с президентом и генералом. У этих двоих были для них еще плохие новости. Враг сверг правительства Кении, Уганды и Танзании и установил свои собственные правительства. Этот последний удар был ошеломляющим для детей.

Риту сказала: «Я прямо сейчас застрелю этих марионеточных правителей, если Шимпанзе отвезет меня в эти страны». Я буду невидим, и у них не будет шансов против меня. Тогда их солдаты будут деморализованы, и первоначальные правительства смогут легко вернуть себе страны.

Шимпанзе ответил: «Это практически невозможно. Марионеточные правители продолжают скрываться в безопасных местах. То, что люди видят в общественных местах, — это их образы, которые имитируют действия этих людей. Если вы сделаете снимок, ничего не произойдет.

Это озадачило всех, и Рохан спросил: «Почему ты или Генри с его друзьями не сказали нам об этом раньше?»

Шимпанзе сказал: «Даже Генри и его друзья не знают». Этот вопрос никогда ранее не поднимался. Итак, я не ответил на это. Это первый раз, когда вы спросили, поэтому я дал ответ.

Риту возразила: «Разве ты не мог дать нам эту информацию, не дожидаясь, пока кто-то задаст вопрос?»

«Нет!» — был категоричный ответ шимпанзе. «Во многих случаях законы природы не позволяют мне предоставлять информацию, если меня не спрашивают.»

Риту возразила: «Это очень странно. Вы знали это все время и не сказали нам об этом. Вы позволили себе стать пленником законов природы.

Шимпанзе объяснил: "Я дух, а не человек." Вы, люди, едите, пьете, дышите, спите и храните информацию в своем мозгу. Я не делаю ничего из этого, и у меня нет физического мозга и памяти, как у вас. Скажем так, я подчиняюсь природе и получаю информацию по мере необходимости. Я действительно не знаю, как ко мне приходит информация. В любом случае, мы тратим драгоценное время. Пожалуйста, расскажите о новых планах для решения сложившейся ситуации.

Президент США кивнул головой с серьезным выражением лица и сказал: «Похоже, что враг держит все козыри и многие из козырных карт также». Нам придется использовать нашего Джокера. Под этим я имею в виду использование нашего обычного оружия.

Генерал поднял настроение, сказав: «У нас все еще есть основная боевая сила в целости». Противник забил нам два быстрых гола, но мы все еще можем быстро отыграться. Я почти уверен, что Уно и Куатро и его люди, должно быть, совершили атаки в США и украли и повредили лучевые пистолеты. Операции в Восточной Африке, должно быть, были проведены Дуо, Тресом и их людьми. Спасением является то, что им не удалось захватить острова в Индонезии и на Филиппинах. Кроме того, я уверен, что они, должно быть, израсходовали много своего запаса умственной энергии на проведение стольких операций в таких отдаленных местах.

Рохан сказал: «Мы изучили все их секретные сообщения, но не было ни намека на эти атаки». Я уверен, они знают, что мы перехватываем их сообщения и расшифровываем их. Следовательно, они намеренно отправляют сообщения, чтобы ввести нас в заблуждение.

Теджас сказал: «Мы не должны полагаться на их сообщения». Мы должны попытаться подумать о том, что они скрывают от нас. Я уверен, что Демон Ягуар должен находиться в Восточной Африке, пытаясь захватить умы людей в недавно завоеванных странах. Затем они привезут его живые изображения с заводов в Венесуэле и разместят их в местах поклонения в Восточной Африке, чтобы использовать ментальную энергию недавно завоеванных народов. Возможно, они попытаются завоевать больше стран в Африке, которые находятся рядом с Кенией, Угандой и Танзанией. Они могут даже попытаться завоевать некоторые острова в группе Индонезии или Филиппин. Или, возможно, нападения на остров были просто отвлекающими атаками. Может быть, они даже попытаются завоевать Австралию или Новую Зеландию.

Винай сказал: «Да, слишком много возможностей, и мы не можем обо всем подумать».

«Он прав, — сказал Викрам, — давайте сосредоточимся только на их способности завоевывать больше территорий».

Рохан сказал: «Ты попал в точку». Чтобы завоевать больше стран, им нужно хорошее снабжение умственной энергией, давайте убедимся, что они не смогут собрать больше.

Генерал сказал: «Все вы сделали очень хорошие предложения. Теперь я в состоянии составить план. Мы должны вывести из строя их корабли, уничтожить их заводы и нейтрализовать инженеров, техников и рабочих в Венесуэле. Во-вторых, мы должны отключить живые изображения Демона Ягуара в Южной Америке и нейтрализовать как можно больше его людей. Это перекроет его источник умственной энергии.

Теперь Рохан сказал: «У нас все еще есть время заняться шпионской работой сегодня. Если мы это завершим, то сможем начать атаки завтра.

«Еще одна деталь, — сказал генерал, — Риту и Викрам должны посетить вражеские порты и определить местоположение их кораблей». Мои люди дадут вам небольшие магнитные передатчики, которые нужно закрепить на ангарах для самолетов и на кораблях чуть выше ватерлинии. Тогда наши ракеты поразят цели. Сегодня вечером мои люди используют ракеты и дроны, чтобы вывести из строя их корабль, вертолеты, самолеты, береговые артиллерийские батареи и заводы. Прошлой ночью они преподнесли нам неприятный сюрприз. «Давайте отплатим тем же сегодня вечером».

В начале встречи президент США выглядел грустным и разочарованным. Теперь он выглядел веселым, и на его лице была мягкая улыбка. Он сказал: «Я полностью согласен с вашими планами». Утром я чувствовал себя грустным, теперь я чувствую себя очень счастливым. Как только мы избавимся от этих демонических захватчиков, я уберу всех своих советников и назначу на их место Рохана и его друзей, а также Генри и его друзей.

Риту возразила: «Но сэр, что насчет нашего школьного и университетского образования?» Я не могу говорить за других, но я хочу вырасти и стать врачом.

Рохан сказал: «Господин президент хотел нас похвалить». Мы не должны воспринимать его предложение буквально.

«Мое предложение было искренним, — сказал президент, — но я его отзываю, потому что лишил бы вас образования и удовольствия от детства».

Шимпанзе сказал: «Теперь собрание окончено. Сначала я отвезу Теджаса и Шайтана обратно в больницу. Затем я отвезу Рохана и Виная в Буэнос-Айрес. Затем я возьму Риту и Викрама, чтобы искать ангары и порты. Я буду занят, перевозя этих четверых с места на место.

Генерал ответил: «Хорошо. Я отправлю свои команды шпионить за северными прибрежными районами Южной Америки. Они обнаружат больше своих артиллерийских батарей, которые мы атакуем нашими ракетами сегодня ночью. Я уже отправил инструкции нашим подводным лодкам двигаться на юг, чтобы перехватить вражеские корабли, направляющиеся в Восточную Африку через мыс Доброй Надежды.

Остаток дня был проведен в таком тайном шпионаже, что враг даже не знал об этом. Тем временем враг был занят в Восточной Африке. Демон Ягуар захватывал контроль над разумом большого количества людей. Нумеро Дуо и Нумеро Трес наблюдали за своими людьми, которые устанавливали живые изображения Демона Ягуара, которые эти двое поспешно доставили из Венесуэлы. Больше изображений прибудет на их кораблях. Нумеро Куатро и Нумеро Уно призывали своих инженеров в Венесуэле ускорить производство изображений, которые теперь требовались в большом количестве.

Демон Ягуар и его приспешники были в приподнятом настроении. Их ночные атаки увенчались успехом, превзойдя все ожидания. Восточная Африка была в их руках, и лучевые пушки противников были в основном захвачены или уничтожены. Отсутствие какой-либо реакции со стороны противников сделало их чрезвычайно самоуверенными. Они совершенно не подозревали, что столкнутся с ракетными атаками и невидимыми противниками.

Глава 15 - Ночные атаки

Генерал запланировал свои атаки на полночь. Он лег спать рано и посоветовал своим людям сделать то же самое. Демон Ягуар был в Восточной Африке. У него был чрезвычайно успешный день, когда он взял под контроль умы тысяч людей в трех недавно завоеванных странах. Он был доволен прогрессом, достигнутым Дуо и его людьми в установке нескольких живых изображений в Кении. Скоро он будет собирать большие количества ментальной энергии.

Сообщения о нескольких нападениях в Западной Африке и Европе его раздражали. Он отмахнулся от них, потому что они не нанесли большого ущерба. Что раздражало его, так это безнаказанность, с которой враг мог совершать атаки и исчезать без следа.

Вечером Cuatro сообщил о нападениях в Южной Америке. Он откладывал доклад Демону Ягуару, пока не был уверен в фактах. Потеря кораблей и вражеские батареи, а также обнаружение противника возле одного из заводов были огорчительными.

Куатро попытался смягчить удар, сказав: «Я лично прилетел на корабль и забрал все ваши живые изображения, прежде чем он затонул». Наши сопровождающие самолеты преследовали вражеские подводные лодки и сбросили множество глубинных бомб. Я уверен, что некоторые из них должны были быть потоплены.

«Вы получили доказательства того, что вражеские подводные лодки были потоплены?» — спросил Демон Ягуар. «Просто сбрасывать глубинные бомбы без результата — это чистая трата времени.» Затем он немного смягчился и сказал: «Ты хорошо сделал, что сохранил изображения». Теперь я скажу Уно, чтобы он отвез их в Восточную Африку сегодня вечером. Я хочу, чтобы здесь установили как можно больше как можно быстрее. Теперь расскажи мне, что на самом деле произошло на фабрике.

«О, это было пустяком. Радар вертолета обнаружил врага и открыл по ним огонь. Враг спустился на землю. Охранники завода и их собаки вышли, чтобы захватить врага. Была долгая перестрелка. Двух наших собак сбили, и стрелок вертолета вышел из-под нашего контроля. Я оставил его после уроков. Враг исчез без следа. Я подозреваю, что этот чертов шимпанзе, должно быть, унес их.

«Вы должны увеличить количество охранников и патрулирование на вертолетах над всеми нашими заводами», — приказал Демон Ягуар. «Выведите как можно больше живых изображений из складского помещения завода и уничтожьте их здесь». Я отправлю Дуо и Трес, чтобы помочь Уно доставить изображения в Африку прямо сейчас. Сразу после этого они должны установить их, чтобы богослужение могло начаться завтра. Что насчет тех артиллерийских батарей? Как враг мог уничтожить их так легко?

Куатро ответил: «Все четверо были атакованы одновременно. Наши люди были выведены из строя, и я испытывал очень сильную боль, и к тому времени, как я смог прийти в себя и добраться туда, враг уничтожил орудия и исчез. Я уверен, что негодяй Чимп был организатором нападения. Все наши люди были выведены из строя и больше не могут нам помочь. Они просто несли какую-то чепуху; я оставил их под арестом на случай, если кто-то сможет прийти в себя и вспомнить, что произошло.

Демон Ягуар был крайне раздражен и пытался сохранять спокойствие. Он приказал Куатро: "Скажи своим людям быть более бдительными. Все они не должны сидеть вместе, предоставляя врагу легкую и удобную цель. Скажите им спрятаться в разных местах вокруг их оружия, чтобы они могли видеть любого нарушителя, приближающегося с любого направления.

За пятнадцать минут до полуночи генерал проснулся, чтобы начать атаку в полночь. К этому времени враг завершил задачу по вывозу всех живых образов с завода в Восточную Африку и устанавливал их. Демон Ягуар теперь был почти уверен, что работа будет завершена к утру. Даже он помогал в установке. Он был полон решимости, чтобы молитвы начались на следующий день.

Генерал Уилсон ничего не знал о действиях врага, в то время как Демон Ягуар ничего не знал о планах генерала. Генерал Уилсон приказал своим людям запустить ракеты, которые несли дроны, которые должны были сбросить канистры с слезоточивым газом возле артиллерийских батарей, чтобы прогнать вражеских солдат. Затем они выпустили ракеты, которые наводились на передатчики, прикрепленные к крышам заводов и ангаров для самолетов. После этого они запустили ракеты, которые должны были навестись на устройства, прикрепленные к кораблям. После перерыва примерно в две минуты они запустили ракеты, предназначенные для уничтожения артиллерийских батарей зажигательными бомбами. Все они были гладкими низколетящими ракетами, которые было почти невозможно обнаружить с помощью радара.

Через некоторое время первая группа ракет выпустила свои дроны возле артиллерийских батарей. Они наводнили эту территорию и сбросили канистры с слезоточивым газом вокруг орудий, вынуждая людей бежать. Затем последовала следующая серия ракет, которая сбросила кассеты зажигательных бомб на орудия и подожгла их. Другой набор ракет должен был преодолеть большее расстояние, и они попали в ангары и крыши заводов, пробили их и выпустили кассеты с зажигательными бомбами, которые подожгли самолеты и заводы, нанеся значительный ущерб. Набор ракет, выпущенных по кораблям, попал чуть выше ватерлинии и взорвался при контакте, образовав большие отверстия, через которые морская вода хлынула внутрь и вызвала начало затопления кораблей.

Около часа ночи Куатро начал получать звонки от своих людей. Первые звонки поступили от артиллерийских батарей. Многие разные мужчины звонили из разных мест, и царила полная неразбериха. Ему удалось понять, что слезоточивый газ был выпущен, чтобы отогнать его людей, а затем были использованы зажигательные бомбы для уничтожения орудий.

Затем он получил звонки от охранников завода и ангара о нападениях. К путанице добавилось то, что моряк начал сообщать об атаках на их корабли. Он не почувствовал никаких уколов, поэтому был уверен, что враг не использовал лучевые пистолеты. Операторы радаров не обнаружили ни вражеских самолетов, ни вражеских солдат. Он был совершенно сбит с толку.

Сначала он посетил несколько береговых батарей и увидел разрушения. Затем он поспешил на заводы и увидел огромные разрушения. Затем он полетел к некоторым ангарам, и там сцена была еще более шокирующей. Последней каплей стало то, что, когда он посетил гавань, оказалось, что уже слишком поздно. Многие из его кораблей тонули, и он ничего не мог сделать. Это был полный провал.

Он получил четыре нокаутирующих удара. Большинство его береговых батарей было уничтожено, его заводы сильно повреждены, большинство самолетов уничтожено, а многие корабли потоплены. Единственным плюсом было то, что он не потерял ни одного из своих людей. Некоторые получили травмы и ожоги, но это не было большим преимуществом. Куатро был очень крепким в психологическом плане. Он был уверен, что ни Уно, ни Дуо, ни Трес не могли бы получить такие удары и остаться на ногах. Однако у него была проблема. Как он мог осмелиться рассказать Боссу об этих потерях! Последний наверняка сойдет с ума от гнева. Он обвинил бы Куатро даже в трусости. Он угрожал оставить Куатро на этой проклятой планете. В его сознании он был уверен, что он, Куатро, выполнил свои обязанности как можно лучше.

Этот коварный шимпанзе устроил такие злые проделки, чтобы вызвать эту серию бедствий. Даже Уно, Дуо или Трес не могли бы ничего сделать, чтобы их предотвратить. Это было чистое невезение, что это с ним произошло. Он был совершенно невиновен. К сожалению, начальник придерживался бы совершенно противоположного мнения. Его страх перед Боссом, огромная череда катастроф, страх навсегда остаться на земле — все это вместе сломило его дух. Даже у самого сильного духа есть точка перелома. Куатро рухнул и упал на землю без сознания. Он уплыл к Демону Ягуару в своем состоянии. Было уже после шести утра, когда Демон Ягуар и трое других увидели, как без сознания Куатро парит в воздухе. Это был самый большой шок, который они испытали во время своего пребывания на Земле. Они все пытались оживить Куатро. Через несколько минут он пришел в сознание, и прошло еще несколько минут, прежде чем он смог заговорить. Он с опаской посмотрел на Демона Ягуара. Последний сказал: «Не бойся. Расскажите нам, что произошло.

Куатро мог говорить только тихим шепотом: «Враг напал самым коварным образом ночью. Они применили слезоточивый газ. Моих людей заставили бежать, и враг уничтожил большинство наших береговых орудий, используя зажигательные бомбы. Мои люди ничего не видели, потому что у них слезились глаза. Затем враг атаковал заводы и ангары для самолетов, причинив значительные разрушения. После этого они потопили много наших кораблей. Удивительно, но наш радар не дал никакого предупреждения и ничего не обнаружил.

«А как насчет твоих солдат, рабочих завода и моих поклонников?» — спросил Демон Ягуар.

Куатро ответил: «Никто из моих людей не был застрелен из лучевого оружия, иначе я бы почувствовал уколы». Некоторые из моих людей были тяжело ранены, в основном из-за ожогов. Насколько мне известно, не было нападений на места поклонения или ваши изображения.

К этому моменту он ослабел и упал в обморок. Демон Ягуар пытался оживить его с помощью магических сил, но это было бесполезно.

Уно сказал: «Босс, это загадочная катастрофа». Если бы на кого-то из ваших поклонников напали, вы бы почувствовали уколы. Я предлагаю, чтобы мы с вами поехали в Южную Америку и взяли на себя руководство людьми Куатро. «Это будет нелегко, учитывая, что он без сознания, но ты сможешь сделать это, используя свои особые способности».

«Это потребует много умственной энергии, но, полагаю, у нас нет другого выбора», — ответил Демон Ягуар. «Дуо и Трес, вы берете полный контроль здесь и начинаете извлекать энергию из моих новых подданных. Нам нужно как можно больше этого. Позаботьтесь о Куатро и дайте мне знать, как только он поправится.

Затем он и Уно отправились в Южную Америку, где он начал трудоемкий процесс передачи контроля над людьми Куатро себе.

Уно сказал: «Босс просто перевел только высших руководителей. Остальные последуют за ними.

«Нет. Я должен подчинить всех», — ответил демон-ягуар. "Тогда они будут работать эффективно. После некоторого отдыха Куатро восстановится. Я боюсь, что нам потребуется много времени, чтобы запустить наши заводы. Я все еще не уверен, как врагу удалось нанести столько ущерба и так тайно за такое короткое время. Мы захватили или уничтожили почти все их лучевые пушки. Я был почти уверен, что мы уничтожили их наступательные возможности, но этот дьявольский обезьяна преподнес нам очень неприятный сюрприз, используя свои магические силы.

«Эта обезьяна, безусловно, очень умно помогала и направляла врага», — сказал Уно, — «но я уверен, что в сегодняшней ночной атаке они использовали собственное оружие». Что меня удивляет, так это то, что они смогли сделать это, не убив слишком много наших людей. Как они узнали точные позиции наших артиллерийских батарей, наших ангаров для самолетов, заводов и кораблей?

Обсуждение могло бы продолжаться дольше, но Демон Ягуар прервал его, сказав: «Пойдите и проверьте, все ли мои места поклонения и изображения в порядке». Нам нужно собрать как можно больше энергии. Хорошо, что мы доставили все новые изображения в Восточную Африку прошлой ночью и установили их.

"Да, босс. Вы приняли правильное решение перевезти их по воздуху. «В противном случае они все были бы уничтожены», — сказал Уно. Затем он улетел, чтобы проверить живые изображения.

Глава 16 - Последние планы

Рохан и его друзья проснулись рано, с нетерпением ожидая событий дня. Генри и его друзья тоже проснулись рано, так как были взволнованы и хотели узнать результат ночного действия. Президент США и даже генерал проснулись рано, хотя последний не спал большую часть ночи. Сегодня он был полон решимости отправиться в бой в Южной Америке. Даже риск быть отданным под трибунал его не беспокоил.

Ночью шимпанзе посетил Южную Америку и увидел ущерб, нанесенный артиллерийским батареям, заводам, ангарам для самолетов и кораблям. Он видел, как последний тонул в гаванях. Он знал, что Куатро был выведен из строя и потребуется время на восстановление. На следующий день будет решающим.

Он сначала посетил пещеру Франциско и сообщил им хорошие новости после того, как они спросили о ночном действии. Затем он навестил Генри и его друзей, и они тоже получили хорошие новости. Затем он отправился в пещеру индейца, где они с нетерпением его ждали. Все начали спрашивать его о ночном происшествии.

Риту была непреклонна: "Ну почему ты не расскажешь быстро о том, что произошло прошлой ночью?" Разве ты не видишь, что мы умираем от любопытства?

На лице шимпанзе была загадочная улыбка. Он ответил: «Я расскажу тебе, но сначала мы пойдем к Теджасу».

Риту ответила: «Твоя улыбка может означать только то, что у тебя хорошие новости».

Затем он отвез их в больницу, и они встретили Теджаса и Шайтана. Шимпанзе сказал: «Атаки прошлой ночью были даже более успешными, чем я ожидал. Теперь я попрошу врачей провести Теджасу быстрый осмотр, потому что я хочу взять его с собой на битву в Южной Америке.

Это очень обрадовало Теджаса, и он подпрыгнул от радости: «А как насчет Шайтана?» — спросил он.

«Я оставлю его в пещере американца». Им скучно, и он будет их развлекать. Я также возьму Франциско и его семью, чтобы провести день с Генри и его друзьями. «Это будет хорошо для обеих групп», — ответила шимпанзе.

Старший врач пришел, проверил жизненные показатели Теджаса и сказал, что он может приступать к действиям. Теперь они пошли на встречу с президентом США и генералом. Шимпанзе спросил генерала о ночных операциях. На его лице была загадочная улыбка.

«Наши ракеты были запущены по расписанию», — ответил генерал. «Их видеозаписи указывают на то, что они отправились к целям, но у нас нет записей фактических повреждений». Я буду очень счастлив, даже если мы уничтожили половину наших целей, но я думаю, что мы должны были справиться лучше. Что ты думаешь?

Шимпанзе сказал: «Ты справился намного лучше. Девяносто процентов ракет попали в свои цели и нанесли значительный ущерб. В довершение всего ты вырубил Куатро. В настоящее время он находится в Южной Америке, восстанавливаясь после нервного срыва, и будет вне игры как минимум неделю.

Эта новость ошеломила всех: «Дети подпрыгнули и начали танцевать от радости». Даже генерал присоединился к ним. Президент США широко улыбался и сказал: «Полагаю, поэтому у тебя была такая улыбка на лице». Это лучшие новости, которые я слышал с момента нашей победы в Северной Америке.

Риту спросила: «Значит ли это, что мы выиграли войну?»

Шимпанзе ответил: «Это значит, что теперь мы можем проиграть только если совершим очень большую ошибку». Враг может победить, если захватит президента, генерала, Рохана и его друзей. Я позабочусь о том, чтобы этого не произошло. Теперь вы можете решить, какие планы на сегодня. "Будете ли вы придерживаться прежнего плана или внесете изменения из-за грандиозного успеха прошлой ночи."

Генерал спросил: «Если Куатро выведен из строя, значит ли это, что его люди остались без лидера?»

«Нет, они будут подчиняться Демону Ягуару и Уно, которые прибыли в Южную Америку. Первый взял под контроль мужчин. "Теперь эти люди могут связываться с ним телепатически, и он может отслеживать их местоположение," — ответил Шимпанзе. «Я думаю, он сначала попытается отремонтировать заводы, чтобы они могли возобновить производство.»

«Тогда мы должны остановить это», — ответил генерал, — «но мы должны быть осторожны с Демоном Ягуаром». Если вы и господин президент не возражаете, я хотел бы сегодня вступить в бой. Я думаю, что могу внести больший вклад, находясь в центре событий. Я был там, в Призрачной Лощине, и сражался там, используя лучевые пистолеты вместе с некоторыми из моих людей.

Президент США собирался сказать нет, но Шимпанзе заговорил раньше него: "Я собирался предложить вам пойти с нами. У вас есть защита, и, пожалуйста, наденьте также платье, защищающее от лучевого оружия, чтобы вы были вдвойне защищены. Я понесу тебя и Теджаса на своей спине, и вы оба будете в полной безопасности, стреляя оттуда. Вы можете стрелять с земли, если предпочитаете, но держитесь подальше от Демона Ягуара или Уно.

Теперь Рохан заговорил: «Мы должны атаковать в Рио и Буэнос-Айресе, чтобы уничтожить изображения Демона Ягуара и освободить некоторых из его людей. Мы также должны атаковать рабочих, пытающихся отремонтировать заводы.

Генерал сказал: «Я согласен, что это должны быть наши главные цели». Теперь давайте решим, кто будет атаковать где. Я предлагаю, чтобы Рохан, Викрам, Риту и Винай совершили нападения на живые изображения и поклоняющихся. Мои солдаты, Теджас и я нападем на рабочих и фабрики. Моя главная забота заключается в том, что произойдет, если Демон Ягуар и Уно нападут на наших солдат?

Рохан ответил: «Четверо из нас будут нападать на поклонников в Рио и Буэнос-Айресе парами по двое». Демон Ягуар почувствует уколы и отправится туда, чтобы захватить нас. Мы будем невидимыми и будем держаться от него подальше. Он может почувствовать наше присутствие и причинить нам вред, если мы находимся на расстоянии менее тридцати футов от него. Он, безусловно, оставит Уно охранять рабочих и фабрику. Вам придется найти способ атаковать рабочих, пока он присутствует.

Генерал сказал: «Нам придется подумать об этом». Восемь моих людей пойдут в защитных жилетах. Они будут управлять дронами с установленными на них лучевыми пушками с земли, прячась в кустах. Каждый из них также будет носить с собой лучевое оружие для использования при необходимости. Уно будет нелегко их найти. Шестеро из моих людей были обучены мистером Чимпом летать, как орлы. У них большой опыт стрельбы по врагу во время полета в воздухе. У них также есть иммунитет. Я попрошу их устроиться на ветвях высоких деревьев и стрелять по врагу. Я предпочту оставаться на земле, чтобы наблюдать и контролировать своих людей.

Теджас сказал: «Шимпанзе станет невидимым летающим ковром, и я буду ехать на его спине, оставаясь невидимым и стреляя по врагу».

Если возникнет необходимость, я могу лететь один. Конечно, вы знаете, что я могу оставаться невидимым только в течение коротких периодов времени от десяти до пятнадцати минут за раз.

«Вы будете нашим козырем на фабрике», — ответил генерал. «Мы будем использовать твою невидимость экономно.»

«У нас также есть козырный туз, спрятанный в рукаве», — сказала Риту. Затем она объяснила идею Теджаса использовать гигантские призрачные образы Шайтана, чтобы напугать суеверных рабочих и охранников фабрики.

Шимпанзе сказал: «Я буду внимательно следить за вами всеми на фабрике». Если я почувствую опасность, я схвачу вас всех и полечу в другое место, чтобы атаковать там или спрятаться. Я не могу следить за Роханом и другими. Если кто-то из вас в опасности, немедленно вызовите меня. Я не хочу, чтобы кто-либо из нашей группы был ранен.

«Что, если Демон Ягуар позовет Дуо или Треса приехать из Африки?» — спросил Рохан.

«Тогда я отвезу вас всех в Африку, и мы уничтожим идолов получателя и застрелим врага там», — ответил Шимпанзе. «Сегодня я позабочусь о том, чтобы мы были на шаг впереди врага». Мы будем так сильно их путать и изводить, что они не будут знать, что делать.

Теперь президент США задал вопрос: «Вы уверены, что мы можем одурачить врага, используя эти тактики?»

Шимпанзе ответил: «В этом мире нет ничего определенного. Я верю в пословицу «удача сопутствует смелым». Кроме того, у меня есть ощущение, что все, что мы делаем сегодня, получится хорошо.

Риту сказала: «Обычно ты тот, кто предостерегает нас и советует быть осторожными, но сегодня ты полон уверенности, или это безрассудство».

Президент США сказал: «Я ничего не скажу, но буду держать пальцы скрещенными весь день и надеяться и молиться за ваш успех».

Генерал сказал: «Пожалуйста, не беспокойтесь, мы вас не подведем, господин Президент».

Рохан сказал: «Наше планирование и подготовка настолько хороши, что мы не можем потерпеть неудачу».

Все остальные, включая Риту, поддержали его с энтузиазмом. К этому моменту они все были уверены в своем успехе. Они были готовы вступить в бой, полные уверенности.

Тем временем Демон Ягуар и Уно собрали всех инженеров и рабочих внутри самой большой фабрики, которая находилась рядом с их колонией. Инженеры осмотрели повреждения и дали рабочим задание начать работу. Все были очень заняты. Рабочие вывозили обломки и полностью поврежденное оборудование, чтобы выбросить их за пределы заводских стен. Другие были заняты ремонтом. Некоторые сваривали поврежденное оборудование; другие изготавливали новое оборудование. Каменщики и плотники тоже были заняты своими порученными задачами под бдительным наблюдением инженеров. Демон Ягуар и Уно с большим интересом наблюдали и время от времени давали указания инженерам.

Большое количество охранников находилось на стенах, сторожевых башнях и у больших лучевых пушек и радаров, установленных на стенах. Другие находились у ворот и за стенами. Все были начеку, чтобы перехватить любых нарушителей. Их отчитали за то, что они не смогли предотвратить ночные атаки, хотя никто из них не знал, как они могли бы это сделать. Они не видели никаких захватчиков, радар не давал никакого предупреждения, они не видели ни одной из приближающихся ракет. Они слышали взрывы и видели пожары внутри заводов, пытались потушить пламя и спасти машины и оборудование, насколько это было возможно. Они считали, что если бы они не боролись большую часть ночи, ущерб был бы гораздо больше. Инженеры и все остальные рабочие также помогали тушить пожары и спасать материалы. Они все были очень уставшими от ночных усилий и недостатка сна. Ни Демон Ягуар, ни Уно не произнесли ни единого слова похвалы за их усилия. Они работали из чувства долга и страха, но чувствовали себя очень подавленными и были в угрюмом настроении.

Глава 17 - Дневные атаки

Шимпанзе отвел Рохана и Риту в Рио, а Викрама и Винаи в Буэнос-Айрес и высадил их рядом с местами поклонения. Они стали невидимыми и действовали парами. Рохан и Риту пошли в первое место поклонения. Риту начала стрелять по верующим, в то время как Рохан вытащил приемник энергии из уха изображения и уничтожил его. Затем он тоже начал стрелять по врагу. Как только минута истекла, они сбежали с места происшествия к следующему месту поклонения. На этот раз Риту уничтожила приемное устройство, и они оба открыли огонь по поклонникам, а затем через минуту скрылись. В течение их невидимого периода, продолжавшегося около двенадцати минут, они охватили пять мест поклонения и освободили очень большое количество верующих. Затем они спрятались в кустах в парке, чтобы восстановиться от усталости, вызванной необходимостью оставаться невидимыми и быстро летать. Викрам и Винай следовали одному и тому же распорядку в Буэнос-Айресе. Они тоже не проводили больше минуты в каждом месте, чтобы не попасться Демону Ягуару. Теперь они тоже отдыхали в кустах в парке.

Шимпанзе перевез генерала, Теджаса, всех солдат, их дронов и несколько небольших ракетных установок в Южную Америку. Они все прятались в зарослях деревьев возле главной фабрики, где Демон Ягуар и Уно наблюдали за ремонтом. План состоял в том, чтобы начать атаку только после того, как Демон Ягуар уйдет с завода. Они терпеливо ждали. Они знали, что он почувствует уколы, когда его сторонников будут выбивать. Тогда он раздражался и мчался, чтобы поймать виновников. Они продолжали ждать, но Демон Ягуар не покидал фабрику довольно долго, хотя знал, что на его последователей напали.

На этом этапе защита завода и рабочих была более важной. Он мог позволить себе потерять некоторых из своих старых поклонников в Южной Америке. Теперь количество энергии, которое он мог извлечь из них, составляло лишь половину того, что он получал от новых поклонников в Африке. Таким образом, он проигнорировал первый период примерно в двенадцать минут, когда Рохан, Риту, Винай и Викрам были активны. Затем они отдохнули около сорока минут, после чего атаки возобновились. Он мог терпеть боль от уколов, но его эго было задето. Он почувствовал себя оскорбленным. Он также думал, что враг не нападет на завод и его рабочих. Вероятно, потому что враг считал, что заводы были полностью разрушены и не подлежат восстановлению. Он также думал, что может захватить некоторых из врагов.

Затем он сказал: «Уно, я поеду в Рио. Враг атакует моих последователей. Я намерен поймать их. Не позволяйте врагу прокрасться и напасть на наших рабочих. Вы знаете, как важно для нас запустить заводы как можно скорее.

Уно ответил вопросом: «Не думаешь ли ты, что стоит позвать Треса, чтобы он пришел и помог мне на случай, если враг нападет здесь?»

«Хорошая идея!» «Я позову его», — ответил Демон Ягуар.

Трес прибыл туда через несколько минут, и Демон Ягуар умчался в Рио. Он отправился в место, где обнаружил последние атаки. К тому времени, как он добрался до места, Рохан и Риту уже покинули его. Он увидел многих из своих последователей, лежащих на земле, в то время как другие помогали им подняться и уйти. Не было никаких признаков присутствия врага. Он спросил своих последователей, что произошло.

Один из них ответил: «Мы молились, и некоторые из нас начали падать. Может быть, кто-то стрелял в нас, но мы никого не видели, хотя смотрели во все стороны. Может быть, враг прятался тщательно и стрелял издалека.

Это озадачило его, но у него не было много времени на раздумья. Он снова начал ощущать покалывания. Он быстро нашел местоположение и добрался туда, но врага не было видно. Опять некоторые из его последователей были выведены из строя, и врага не было видно. Здесь он также получил аналогичные ответы. Затем он заметил, что у живого образа не было приемника энергии в ухе. Затем он увидел, что приёмник лежит за изображением, повреждённый до неузнаваемости. Он понял, что делает враг. Он подумал несколько секунд и придумал план, чтобы поймать врага.

Тем временем на фабрике Шимпанзе понял, что Демон Ягуар привел Нумеро Трес, чтобы помочь Уно, и отправился в Рио или Буэнос-Айрес, чтобы защитить своих поклонников. Теперь он превратился в невидимый ковер и понес на себе невидимого Теджаса, чтобы тот мог стрелять в охранников, управляющих тяжелыми лучевыми пушками. Один за другим Теджас нейтрализовал их всех, и Уно с Трес этого не заметили. Затем он передал Теджасу ракетную установку, чтобы тот мог с близкого расстояния уничтожить тяжелые орудия и радары. Шум встревожил Уно и Треса, и они были озадачены, увидев, как одно за другим поджигаются ружья. Вокруг никого не было, а пушки стреляли, как по волшебству. Они попросили своих людей взять огнетушители и попытаться спасти оружие.

Генерал спрятал несколько солдат на ветвях деревьев возле стены фабрики. Они выглядели как орлы и имели лучевые пистолеты. Генерал приказал им начать стрелять по врагу. В то же время Теджас летел на спине Чимпа, стреляя в охранников и в людей, которые пытались потушить пожары. Генерал приказал двум своим людям выпустить дроны, чтобы они поднялись высоко над заводом и стреляли по врагу. Уно и Трес увидели эти дроны и подумали, что они нанесли весь этот ущерб. Они взлетели, чтобы поймать дроны. Мужчины на земле умело направляли дроны, чтобы уклоняться от Уно и Трес, продолжая стрелять по рабочим на земле. Это не могло продолжаться вечно, и через несколько минут дроны были пойманы и уничтожены Уно и Трес.

Теджас сказал шимпанзе: «Разве ты не думаешь, что сейчас самое время выпустить наше секретное оружие?»

Шимпанзе спросил: «Ты имеешь в виду призрачные образы Шайтана?» Пойдемте вниз и спросим генерала.

Последний согласился с предложением. Он сказал: «Я думаю, что вражеские рабочие будут так напуганы, что начнется паника». Большинство попытается вырваться из ворот. Другие будут пытаться взобраться на стены и выпрыгнуть. Я перемещу некоторых людей, чтобы они могли спрятаться за воротами и стрелять по врагу. Другие солдаты останутся на деревьях и будут стрелять в тех, кто карабкается по стенам.

«Хорошо», — ответил Теджас. "Я буду летать на невидимом ковре и стрелять по врагу." «Мы должны получить как можно больше».

В Рио должна была развернуться другая драма. Демон Ягуар устроил ловушку. Он почувствовал уколы и нашел место поклонения, где нападали на его последователей. Он знал, что если он пойдет в то место, то обнаружит, что нападавшие уже покинули его. Он знал о нескольких других местах поклонения поблизости и отправился в одно из них, убрал живое изображение и встал на его место. Он был уверен, что нарушители через некоторое время придут в это место, и ждал, чтобы поймать их.

Вскоре Риту и Рохан прибыли туда и не поняли, что это был Демон Ягуар, а не его изображение. Последний не видел их, потому что они были невидимы. Риту начала стрелять по верующим, и люди начали падать на землю. Это озадачило Демона Ягуара. Затем Рохан вышел вперед, чтобы снять трубку. Демон Ягуар почувствовал его присутствие и понял, что поблизости находится какой-то невидимый нарушитель. Он немедленно использовал всю свою умственную силу, чтобы поймать нарушителя. Рохан испытал самый сильный шок в своей жизни. Он чувствовал, будто гигантская рука сжимает его голову в мощной хватке. С каждой секундой давление на его мозг и боль быстро усиливались. Он остался парить в воздухе, не в силах пошевелиться. Риту была удивлена, увидев его в боли, и остановилась в воздухе.

Секунды тикали, и боль в мозгу Рохана становилась невыносимой. Риту поняла, что они находятся в присутствии Демона Ягуара, а не его изображения. Первым инстинктом Риту было полететь к Рохану и забрать его от Демона Ягуара, но затем она поняла, что если подойдет слишком близко, то постигнет та же участь. Она начала стрелять в Демона Ягуара, но это не имело никакого эффекта, и тогда она подумала о том, чтобы призвать Шимпанзе. Рохан был на грани потери сознания из-за сильной боли. Он почувствовал, что вот-вот умрет, и хотел сделать отчаянную попытку спастись. Он почувствовал кратковременное облегчение от давления и боли. Используя последние запасы энергии, он вылетел за пределы досягаемости Демона Ягуара. Риту увидела это и сразу же подлетела к нему; схватила его за руку и улетела, утащив его в ближайший парк и спрятавшись в кустах. К этому времени оба стали видимыми и нуждались в отдыхе. Теперь она позвала Шимпанзе на помощь и рассказала ему, что произошло.

На фабрике Шимпанзе создал иллюзию гигантских призрачных образов Шайтана. Они прыгали к фабрике с одной стороны, издавая шипящие звуки, и их хвосты угрожающе подергивались. Этот устрашающий вид обратил в бегство охранников и рабочих фабрики, которые бросили все и пустились наутек. Уно и Трес пытались их контролировать, но это было бесполезно. Они кричали и вопили, что кошки не настоящие, а всего лишь иллюзия, созданная врагом. Мужчины были слишком напуганы, чтобы слушать их, и большинство из них бросились к выходу из ворот. Когда затор у ворот привел к пробке, мужчины попытались перелезть через стены.

Восемь солдат в куртках начали стрелять по всем, кто выбежал из ворот. Шесть солдат на деревьях и Теджас стреляли в тех, кто карабкался через стены. Пятнадцать человек стреляли быстро, и сотни людей выводились из строя каждую минуту. Демон Ягуар почувствовал сотни уколов и на мгновение потерял концентрацию, сжимая мозг Рохана. Это позволило Рохану вырваться из хватки Демона Ягуара и сбежать. Шимпанзе получил телепатический призыв о помощи от Риту. Он знал, что она и Рохан прятались в парке недалеко от Демона Ягуара и больше не были невидимыми. Он был уверен, что Демон Ягуар будет летать по все увеличивающимся кругам, пытаясь их найти. Итак, он должен немедленно их спасти.

Он сказал Теджасу: «Я должен пойти и спасти Рохана и Риту». Вы летите самостоятельно и продолжаете стрелять по врагу, пока можете оставаться невидимым, после этого, пожалуйста, спрячьтесь в ветвях деревьев и продолжайте стрелять. Я скоро вернусь.

После этого он быстро отправился в Рио, забрал Рохана и Риту, оставил Риту на ветке дерева на фабрике и отвез Рохана к президенту США. Последний был встревожен, увидев Рохана в боли, и немедленно вызвал врачей.

Шимпанзе поспешил обратно на фабрику. К этому времени призрачные кошки исчезли, и большое количество рабочих и охранников было нейтрализовано. Шимпанзе знал, что Демон Ягуар потратит еще пару минут на поиски Рохана и Риту, а затем направится прямо на фабрику. Он решил, что сейчас подходящее время, чтобы полететь в Восточную Африку и атаковать там. Он забрал генерала, Теджаса, Риту и солдат и перенес их всех в Африку.

Шимпанзе сказал: «Я привел тебя сюда, потому что был уверен, что Демон Ягуар вот-вот вернется на фабрику. Люди в Восточной Африке находятся под контролем Дуо или Демона Ягуара. Теперь вы можете начать свои атаки здесь.

Генерал ответил: «Я думаю, что мы должны атаковать только людей Дуо. Если мы будем продолжать стрелять в людей, болезненные уколы не позволят ему предпринять какие-либо действия или связаться с кем-либо. Если мы застрелим людей Демона Ягуара, он узнает об этом и придет сюда.

Теджас заговорил: «Я тоже согласен, но предлагаю, чтобы Риту и я полетели к местам поклонения и сняли приемники с ушей живых изображений». Сейчас поздний день, так что я уверен, что места для поклонения будут пустыми. Крупнейшие города — это Найроби, Додома и Кампала, поэтому в этих местах мы получим больше всего целей.

Шимпанзе сказал: «Я привезу Викрама и Винаи из Буэнос-Айреса, чтобы они могли летать с солдатами и стрелять в людей Дуо».

Генерал сказал: «Давайте будем действовать в одном городе за раз, чтобы мы могли помогать друг другу».

Все согласились с этими тремя предложениями и начали атаки в Найроби всерьез. Винай, Викрам и шесть солдат летели в воздухе, как орлы, стреляя по врагу. Шестеро из восьми солдат в бронежилетах начали использовать свои летающие дроны для атак, потому что дроны двух других мужчин были уничтожены на заводе. Шимпанзе разместил этих двоих и генерала на крыше высотного здания, откуда они могли стрелять по многим целям. Затем он отвел Риту и Теджаса в различные места поклонения, чтобы нейтрализовать приемники. Через некоторое время они не могли найти легкие цели, так как большинство людей Дуо укрылись. Затем они переместились в Додому группами, чтобы убедиться, что Дуо не получит возможности вызвать помощь. Они завершили дневные действия после нападений на Кампалу и вернулись в штаб-квартиру президента США. Они почувствовали облегчение, когда узнали, что Рохан почти полностью выздоровел.

Вернувшись в Рио, Демон Ягуар провел некоторое время, кружась вокруг в попытках найти Рохана и Риту. Через несколько минут они решили вернуться на фабрику. Когда он прибыл туда, он был потрясен, узнав, что более половины его рабочих и охранников были нейтрализованы и больше не находились под его контролем. Он был крайне раздражен на Уно и Трес и резко их отругал.

Уно умолял: "Босс, мы старались изо всех сил и даже преследовали и уничтожили два их дрона голыми руками." Они установили наши лучевые пушки на этих дронах и стреляли в наших людей. Мы хотели найти и поймать людей, которые управляли дронами, но затем большая группа призрачных кошек атаковала фабрику.

Демон Ягуар громко перебил: «Полагаю, эти кошки так напугали тебя, что ты побежал прятаться. К тому времени, как вы вернулись, более половины ваших людей были выведены из строя.

Уно ответил: «Мы оба старались изо всех сил контролировать наших людей, но они были так напуганы, что не обратили на нас никакого внимания и в панике бросились бежать». Они просто выбежали за ворота и перелезли через стену.

Трес продолжил: «Именно это и произошло. Мы видели, как многих наших людей стреляли и они падали, но не видели ни одного врага. Может быть, эта хитрая обезьяна сделала своих людей невидимыми.

Демон Ягуар успокоился. Нарушитель, которого он пытался уничтожить в Рио, был невидимым. После этого в него выстрелил еще один невидимый враг из лучевого оружия. Он почувствовал, что слишком строго судил Уно и Трес и слишком резко их отругал. В конце концов, с их ограниченными возможностями они не могли сделать много против невидимых врагов.

Он говорил мягким тоном: «Трес, возьми с собой несколько охранников и рабочих, чтобы помочь сопроводить без сознания мужчин обратно в колонию и охранять их, потому что теперь их умы не под моим контролем. К завтрашнему дню они восстановятся, и мы заставим их работать на фабрике. Дуо и я возьмем оставшихся здоровых охранников и рабочих, чтобы вернуться к работе прямо сейчас. Я хочу как можно скорее возобновить производство энергетических приемников.

Он больше не чувствовал никаких уколов и был рад, что атаки врага на Рио и Буэнос-Айрес наконец закончились. Он и не подозревал, что враг перебрался в Африку и наносил там значительный ущерб. Гораздо позже он получил сигнал бедствия от Дуо. После того как он сказал Уно и Тресу быть начеку, он поспешил в Восточную Африку и испытал еще один сильный шок. Враг застрелил многих людей Дуо в Найроби, Додоме и Кампале, но ни один из его собственных поклонников не был застрелен.

Затем он пошел проверить свои живые изображения и обнаружил, что многие из приемников были вынуты и повреждены до такой степени, что их невозможно было починить. Он проклинал шимпанзе и давал множество клятв против него. Затем он успокоился и понял, что пройдет несколько дней, прежде чем производство приемников возобновится. Он улетел в Южную Америку, чтобы собрать большое количество приемников из изображений в небольших городах, чтобы заменить поврежденные в Восточной Африке. Он получит гораздо больше энергии от новой группы поклонников там, чем от старых поклонников в Южной Америке, которые были лишены большей части своей умственной энергии.

Вернувшись в США, президент сообщил им, что Рохан хорошо восстановился, но врачи хотели бы оставить его под наблюдением на пару дней. Они сообщили президенту США подробности действий по всей Южной Америке и Восточной Африке. Все были очень довольны результатами дневных приключений. За исключением того, что произошло с Роханом, они имели преимущество над врагом в каждом месте.

Президент США сказал: «Прошлой ночью и сегодня вы нанесли огромный урон врагу». Благодарю вас всех от всего сердца. Я уверен, что через пару дней вы выгоните врага из нашего мира.

Все согласились с ним, кроме миссис Диас, которая посоветовала им быть осторожными. Она сказала: «В Южной Америке есть старая поговорка: "ягуар наиболее опасен, когда он ранен."»

Шимпанзе сказал: «Да, ты прав. Мы должны быть начеку сегодня вечером против вражеских контратак.

Президент США спросил: «Что насчет планов на завтра?»

Генерал ответил: «Мне кажется, мы все очень устали и нам нужен отдых. Мы можем составить наши планы завтра. Насколько вам известно, враг может преподнести неприятные сюрпризы ночью. В таком случае мы с тобой не выспимся сегодня ночью, так что давай ляжем спать пораньше.

Все пожелали друг другу спокойной ночи, и Шимпанзе проводил всех по домам. Рохан остался в больнице. У него был Шайтан, чтобы составить ему компанию.

Глава 18 - Последняя битва

Президент США и генерал были очень уставшими и нуждались в крепком сне. Прежде чем лечь спать, они сказали своим помощникам не беспокоить их ночью, если только не случится серьезная чрезвычайная ситуация. В ту ночь телефоны горячей линии звонили несколько раз, чтобы сообщить о некоторых вражеских атаках в Африке, Европе и Азии, а также на некоторых островах. Эти атаки были направлены на захват лучевых пушек на контрольно-пропускных пунктах. Поскольку они не имели большого значения, помощники не стали будить президента и генерала, которые крепко спали.

Дневные усилия измотали индейцев, и они тоже мирно спали. Рохан и Шайтан также провели спокойную ночь в больнице. Только шимпанзе был активен всю ночь. У него была способность работать бесконечно без сна. Он беспокоился, что Демон Ягуар или его помощники могут совершить отчаянное нападение ночью, и провел всю ночь, наблюдая за ними. Только Дуо и Трес были активны ночью, когда они вели своих людей на атаку контрольно-пропускных пунктов. Шимпанзе никого не предупредил, так как это не изменило бы ход войны.

На следующее утро индейцы проснулись поздно. Они вызвали Шимпанзе, который отвел их на встречу с президентом и генералом, по пути забрав Рохана и Шайтана. Президент США попросил Шимпа привести американцев и семью Диас.

Генерал начал встречу со словами: «Господин Президент, если вы согласны, давайте выслушаем всех, прежде чем составлять планы на сегодня».

Президент США кивнул в знак согласия и указал на Рохана, который сказал: «Давайте попробуем остановить их заводы от производства новых приемников энергии и живых изображений». Мы не должны позволить им собирать больше ментальной энергии.

Риту сказала: «Именно то, что я хотела сказать, но мы не должны рисковать». Было бы ужасно, если бы кто-то из нас был пойман или ранен на этом этапе.

Президент США сказал: «Хорошо сказано». «Мы должны избежать любого риска».

Все кивнули в знак согласия.

Теджас сказал: «Демон Ягуар попытается защитить своих рабочих на фабрике». Он легко поймает любого, кто не является невидимым. Таким образом, только четверо из нас могут напасть на них. Кроме того, мы должны попытаться отвлечь его от фабрики, чтобы облегчить нашу задачу.

Викрам сказал: «Генерал и его летающие солдаты должны атаковать людей, находящихся под контролем Дуо и Треса в Африке и Европе». Это выведет их двоих из строя.

Винай сказал: «Мы также должны атаковать живые образы и поклонников в Африке». Это заставит Демона Ягуара покинуть фабрику и отправиться в Африку.

Теперь заговорил Генри: «Если мы сможем нейтрализовать большинство его рабочих на фабрике, то он не сможет долго продолжать борьбу. В прошлый раз мы вывели из строя треть рабочих, но злой дух предупредил врага. Мы должны справиться с этим духом.

Миссис Диас сказала: «Добрый дух, который живет рядом с колонией рабочих, поможет вам справиться с злым духом».

Теперь снова заговорил Рохан: "Демон Ягуар, Уно и Трес будут на фабрике. Будет трудно стрелять в многих рабочих, когда они смотрят.

Генри ответил: «Мы должны сделать три вещи. Во-первых, стреляйте в людей Демона Ягуара в Африке, чтобы он отправился туда. Тогда некоторые из нас должны начать стрелять в людей Дуо в Африке и людей Треса в Европе. Тогда эти двое станут неэффективными из-за уколов. Это будет лучшее время для невидимой команды, чтобы начать стрелять в рабочих на фабрике. Уно не будет знать, что делать.

Мари спросила: «Можем ли мы снова использовать гигантских кошек?» «Если рабочие будут на открытом пространстве, их будет легче расстрелять».

Миссис Диас ответила: "Конечно! Все там твердо верят в легенду о гигантских, призрачных, черных кошках. Они, безусловно, испугаются во второй раз. Даже Демон Ягуар не сможет контролировать своих людей, когда они увидят кошек. Он будет унижен, видя, как его людей расстреливают прямо перед ним. Это заставит его бежать с нашей планеты.

Она говорила с такой уверенностью, что все были убеждены. Генерал сказал: «План кажется отличным, но для его реализации координация должна быть безупречной».

Шимпанзе ответил: «Я позабочусь о том, чтобы всё прошло хорошо».

Мари сказала: «Если мистер Чимп это гарантирует, то мы можем рассчитывать на это на сто процентов».

Рохан снова заговорил: "Это очень важная битва. Следовательно, нам нужен каждый невидимый человек на фабрике. «Я должен получить разрешение сражаться».

Президент США посмотрел на шимпанзе и сказал: «Что ты думаешь?»

Последний ответил: «Он будет нужен. Я не позволю ему улететь. Вместо этого я понесу его на спине и позабочусь о том, чтобы с ним ничего не случилось. Пожалуйста, скажите врачам, чтобы они позволили ему сражаться.

Битва была скоординирована Шимпанзе. Сначала он пошел встретиться с добрым духом возле жилых домов рабочих завода. Последний согласился помочь.

Он сказал: «Я начну спор с злым духом и отвлеку его далеко от этой области». Я буду его отвлекать, и у тебя будет достаточно времени, чтобы завершить свою битву.

Затем Шимпанзе взял Генерала и шестерых его солдат, которые умели летать. Двое остались в Париже, чтобы кружить, как орлы, и начать стрелять по людям Треса в нужный момент. Двое остались в Найроби, чтобы летать вокруг города и стрелять по людям Дуо, когда будет дан сигнал. Генерал и двое других остались в Найроби, чтобы стрелять в живые образы и поклоняющихся.

После этого он взял с собой пятерых индейцев в лес рядом с основной фабрикой. Демон Ягуар, Уно и Трес наблюдали за ремонтом. Шимпанзе телепатически подал сигнал генералу. Последний и его солдаты напали на место поклонения, сначала выстрелив в приемник энергии, а затем в верующих. Через минуту они быстро улетели, чтобы найти другое место для поклонения и повторить свою задачу.

Демон Ягуар почувствовал уколы и решил отправиться в Африку, чтобы поймать врага. Перед уходом он предупредил Уно и Треса быть осторожными. Как только он ушел, Шимпанзе отправил сигналы солдатам в Париже и Найроби. Они начали кружить, как орлы, и стреляли по врагу. И Дуо, и Трес оказались беспомощными из-за уколов.

Теперь Шимпанзе выпустил гигантских, призрачных кошек, которые помчались к фабрике. Охранники бросили свои ружья, и они вместе с рабочими бросились в противоположном направлении, не обращая внимания на Уно, который кричал, пытаясь их остановить. Рохан стал невидимым и сел на спину Чимпу, который тоже был невидимым. Затем остальные четверо тоже стали невидимыми, и все пятеро полетели за убегающими людьми, стреляя в них. Вскоре многие были выведены из строя.

Уно телепатически связался с Демоном Ягуаром и рассказал ему об атаке. Тот немедленно вернулся и увидел, как его люди в страхе убегают от больших призрачных кошек. Он крикнул им остановиться, но они не обратили на него внимания. Он видел, как многих из них сбивали с ног, и понял, что их стреляли невидимые враги. Он начал кружить, чтобы враг оказался в зоне его обнаружения. Шимпанзе быстро посадил всех пятерых детей себе на спину и держал их вне досягаемости Демона Ягуара, который не мог их видеть или обнаружить. Тем временем пятеро детей продолжали стрелять в рабочих фабрики.

Демон Ягуар продолжал пытаться поймать невидимого летающего врага, но не мог этого сделать. Это было для него как раздражающим, так и унизительным. Через некоторое время большинство рабочих завода были выведены из строя, в то время как некоторым удалось спрятаться в лесу. Затем Шимпанзе отправился с индейцами в Южную Африку, чтобы помочь генералу и его людям. Там они уничтожили многие из энергетических приемников и расстреляли многих верующих. Теперь Демон Ягуар полетел в Африку, чтобы попытаться поймать их, но потерпел неудачу, хотя и старался изо всех сил.

Поздно вечером шимпанзе вернулся в штаб-квартиру президента, сопровождая индейцев, генерала и шестерых солдат. Каждый человек там терпеливо ждал результата дневного сражения. Они все были чрезвычайно счастливы, когда генерал объявил: «Мы одержали полную и окончательную победу». Я не думаю, что враг сможет оставаться на земле еще долго.

После этого все начали возбужденно разговаривать. Индейцы, генерал и его солдаты были заняты ответами на вопросы. Во время их громкого разговора у всех внезапно появилось чувство радости, как будто земля избавилась от великого зла. Это также ощущалось людьми по всему миру, а также животными и птицами.

Шимпанзе сказал: «Демон Ягуар и его банда сбежали с земли, поджав хвосты».

Комната взорвалась громкими аплодисментами и криками, и даже президент и генерал присоединились, как счастливые школьники.

Глава 19 - Эпилог

После победы предстояло многое сделать; первоочередными задачами были освобождение людей, чьи умы оставались под контролем злой банды, и лечение всех тех, чья ментальная энергия была истощена. Последнее будет продолжаться долгое время в случае многих людей.

Весь мир радовался освобождению от когтей злых монстров. Теперь рассказывали о смелых подвигах и приключениях детей, генерала и его людей, а также семьи Диас. Газеты, телевидение и другие средства массовой информации освещали все в деталях. США, Индия и многие другие страны почтили их, вручив им множество наград. В их честь проводились победные парады и празднования.

Шимпанзе не мог оставаться на земле намного дольше. Он был обязан по долгу службы отправиться на поиски злой банды в обширной области миллионов параллельных вселенных. Дети со слезами на глазах попрощались с ним, и многие страны воздвигли статуи в его честь.

После всех парадов победы, церемоний награждения и вручения почестей, дети и семья Диас встретились с президентом США и генералом на частной прощальной вечеринке. Эти двое пообещали им всяческую помощь, когда бы они в ней ни нуждались, и поинтересовались их планами на будущее.

Риту ответила: «Это было захватывающе, опасно, но прекрасно, пока длилось». Я думаю, что у меня было в десять раз больше приключений и волнений, чем у обычного человека. Теперь я хочу уйти из центра внимания и вести нормальную жизнь.

Все дети с энтузиазмом согласились с ней.

Франсиско сказал: «Мы хотели бы вернуться в мою страну и помочь в её восстановлении».

Госпожа Диас и два мальчика согласились, и она сказала: «Чем раньше начнем, тем лучше».

Мари сказала: «Весь мир в огромном долгу перед шимпанзе». Он навсегда займет особое место в моем сердце.

Все присутствующие полностью согласились с ее чувствами. Где-то в далекой галактике в параллельной вселенной шимпанзе почувствовал их настроения и засветился от удовольствия.

www.ingramcontent.com/pod-product-compliance
Lightning Source LLC
LaVergne TN
LVHW041847070526
838199LV00045BA/1484
* 9 7 8 9 3 7 0 0 9 6 2 8 8 *